小学館文庫

殺した夫が帰ってきました

桜井美奈

小学館

Contents

プロローグ　004
第一章　006
第二章　086
第三章　148
第四章　216

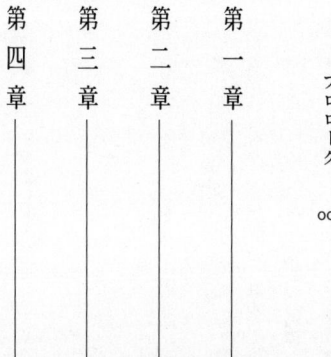

プロローグ

ハンドルを握る手が震える。

山道を下る振動、気の抜けない連続するカーブ。

震えはそのせいだと思いたかったけれど、舗装された道路にたどり着いても、赤信号で停止しても、私の手が鎮まることはなかった。

「どうしよう……」

理由はわかっている。

私は手のひらを見つめた。

やってしまった、という後悔と、もう終わった、という安堵《あんど》。

ハンドルに額をつけて目をつむると、音や痛みとともに、記憶が鮮明によみがえる。

罵声とともに降ってくる拳《こぶし》と繰り返される足蹴は、私から考える力を奪った。

耐えていればいつか、出会ったころのように優しい言葉をかけてもらえるかもしれないと思い続けていた。けれどそれは幻想だった。そんな日が来ることはなかった。

青信号に変わり、アクセルを踏む。車はなめらかに加速した。

平坦な道になっても、やっぱり私の手は震え続けていた。

車のラジオをつけると、女性タレントがアップテンポな音楽をバックに、陽気な声でリスナーからのメールを読み上げる。

『最近、付き合い始めた人がいるんですけど、まだ名前で呼ばれなくて。どうしたら呼んでくれると思いますか？　か。いいねー、初々しい！』

昔の私なら笑えるけど、今はうらやましくて仕方がない。くすぐったいような恋の始まりは、遠い過去のことだからだ。

「名前、ね……」

――茉菜《まな》。

耳に残るのは、甘い響きを持つ呼びかけではない。崖から落ちていく瞬間に聞いた、驚きと憎しみを伴った叫び声だった。

私は崖から夫を突き落とした。

私は夫を殺した。

第一章

「鈴倉《すずくら》さん、鈴倉茉菜さん」

背後から聞こえた声に茉菜の手が止まる。振り返ると、しかめっ面の上司が茉菜の背後に立っていた。

「もう、いくら切羽詰まっているからって、何回呼ばせるのよ」

「すみません」

「ま、今はそれどころじゃないわよね。あと二十分で終わる？」

「終わらせます」

上司も焦っているのだろう。抱える仕事は茉菜よりずっと多いのに、心配してくれている。タイムリミットは迫っていた。

茉菜が勤める会社は、三十代の女性をターゲットとしたアパレルメーカーで、八年ほど前、女性の社長が立ち上げた。従業員の男女比も一対九と圧倒的に女性が多く、今しがた茉菜を気にかけてくれた上司も女性だ。

ブランドコンセプトは「ひと手間加えたデザイン」だが、それゆえ着る人を選ぶ服でもある。現在はいくつかのセレクトショップに商品を置いてもらっているが、売り上げの多くはネット通販に頼っていた。

茉菜の主な業務は商品の企画・デザインだが、小さい会社ゆえに、役割は多岐にわたっている。今慌ただしいのは、取引していた会社が倒産したために、注文していた生地が手に入らないことがわかったせいだ。新たに同じ生地を同じ価格で用意するのは容易ではないが、今日中にすべての手配が終わらなければ、期日までに製品が出荷できなくなってしまう。

キーボードを叩《たた》く手に緊張が走る中、茉菜はタイムリミット四分前で作業を終える。目の前の山を越えたことで、社内の空気が緩んだ。

「終わった……」

「お疲れ様。鈴倉さんがいろいろできるようになっていて助かったわ。こんな日に限って、谷村《たにむら》さんが帰っちゃったあとだったし」

谷村は茉菜が入社当時、教育係として面倒を見てくれた先輩だ。子どもが熱を出したと保育園から電話がきて、トラブルの連絡が来る少し前に帰宅した。入社してすでに五年の谷村は、当然茉菜より仕事はできるが、子どもがいるため時間の融通がきかない。それもあってか、まだすべての仕事が滞りなくできるところまではいかない茉菜にも、任される仕事が増えていた。

山を越えたとはいえ、予定外の仕事のせいで通常業務が残っている。結局茉菜はまたパソコンに向かった。

「ところで鈴倉さん。穂高《ほだか》さんのことだけど」

「あ……はい」

その名を聞いた茉菜は嫌悪感を隠せない。上司は心配そうに眉を寄せた。

「大丈夫？　鈴倉さんに言い寄っているみたいなことを、谷村さんから聞いたから」

谷村が上司に伝えてくれていたことに、茉菜はホッとした。だが話はそれで終わらない。

「今のところ、実害はありませんけど……ちょっと、しつこい感じはします」

穂高は仕事で知り合った男性だ。茉菜は谷村のアシスタントとして打ち合わせに出向いていたが、穂高は最近、谷村ではなく茉菜に直接連絡を取ってくる。表向きの理由は、谷村が公私ともに多忙で、連絡が取りづらいということだが、本音は違うだろう。穂高からは仕事以外での連絡が来ることの方が多い。連絡だけならまだしも、「偶然」会うことも多くなっていた。昨日の朝は出勤途中に「偶然」会った。一昨日は会社の近くでランチを食べていたときにやはり「偶然」会った。茉菜のプライベートの携帯の番号に直接「打ち合わせ」もしてくる。急ぎではない、三十秒もあれば終わる話をしたかと思うと、そのあと五分以上は電話を切らせてもらえない。

上司は腕組みをしたまま「マズいなあ」と困り顔になった。

「谷村さんは既婚者で、鈴倉さんは独身だから、あなたに近づきたいんだろうけど、あのオッサン、若い女の子に相手にされると本気で思っているのかな。鈴倉さんに特定の相手がいたら諦めてくれそうだけど、嫌がっていることくらい理解しても良いのに」

辛辣《しんらつ》な上司の物言いに、茉菜の方が苦笑する。

「私、若い女の子じゃないですよ。もう二十八ですから」

「何言ってるの。あっちは、四十手前くらいでしょ。自分の方が立場が上だと思っているから強気なんだろうけど、ちょっとありえないわ」

上司は申し訳なさそうに、ごめんなさい、と頭を下げた。

「今、うちの会社の立場では、あっちともめるのは困るの。でも、どうしても厄介なようなら言って。もちろん、あなたの不手際じゃないことはわかっているけど、担当を外すことはできるから」

「はい……」

会社の立場では、それ以上の対応ができないことを理解している茉菜は「ありがとうございます」と言うしかなかった。

トラブルがあったものの、予想より早く会社をあとにすることができた。とはいえ、すでに夜の八時は回っている。遅いときは、終電近くまで会社に居残っていることもあるが、今日はもう少し早く帰りたかった。

もっとも、今の生活にはおおむね満足している。給料などの待遇面は恵まれているわけではないが、東京に出てきてからは、誰かに自由を制限されることはなくなった。働くことも、住むところも、自分で選ぶことのできる生活は、何物にも代えがたい。

自宅の最寄り駅に到着すると、茉菜は足を速めた。

仕事に不満はないが、住居は考える余地がある。学生時代から住んでいるアパートは駅から徒歩二十分くらいかかるため、十二月ともなれば寒さが辛《つら》い。特別治安が悪くはないものの、良いわけでもない。家賃の安さと広さで選んだため、仕方がないとはいえ不便だ。しかも住宅地なので、夜になると人通りもまばらだ。街灯も多いとはいえず、帰宅が遅いときは心細さを覚えることもあった。

「引っ越したいなあ……」

　できれば駅に近いところ。できれば今より築浅の物件。できれば乗り換えずに会社まで行ける路線。家の近くにコンビニがあったらなお結構。そして部屋の広さと収納と……条件を加え始めるとキリがない。当然、家賃があがる。心もとない貯金のことを考えると、今しばらく引っ越しは諦めるしかなさそうだ、というのは夜道を歩くたびに思うことだった。

　無事にアパートの前まで着くと、茉菜はカバンから鍵を出して、鍵穴に差し込んだ。

「茉菜さん」

　背後から聞こえた声に茉菜の手が止まる。この声は知っている。茉菜は右手に持っていたアパートの鍵をパンツのポケットにしまい、恐る恐る振り返った。

「やっぱり茉菜さんだ。ここに住んでいたんですね」

　どうしてここに穂高が？

　外灯に照らされた穂高の笑みを見ると、茉菜の背中に冷たいものが走った。

「いやー、ちょうどこの近くに用があって来たら、似ている人がいるなあと思ったんですよ。偶然ですね」

　偶然であるわけがない。尾けられていたことに気づけなかった。

会社の周辺だけならまだしも、自宅にまで付きまとってくるとは思わなかった。茉菜の態度がつれないために、強硬手段に出たに違いない。

穂高は距離を詰めてくる。茉菜はポケットの中の鍵を握りしめた。

玄関の鍵を開けることはできるだろうが、そうしたら、部屋の中にまで入られる可能性がある。

一人暮らしの茉菜にとって、外にいるよりも、家の中に入られる方がリスクは高い。アパートの周辺は車通りも少ない。一番近くのコンビニまで走って十分。交番までは十五分はかかる。その間に、道行く誰かに助けてもらえればラッキーだが、逃げ切れるとも、助けてもらえるとも、保証はなかった。

アパートの両隣の窓は真っ暗だ。そもそも付き合いもないから、こちらも助けてもらえるかはわからない。

「茉菜さん、ご飯食べました？　せっかくお会いできたんですから、これからご一緒にどうですか？」

「疲れていますので」

「じゃあ、茉菜さんの家で食べましょうよ。僕はそれでかまいませんから」

「いえ……」

「こう見えても、料理得意なんですよ。長年、男の一人暮らしですから凝ったものは作れませんけど、味にはちょっと自信があるんで」

「結構です」

「良かった。じゃあ、開けてくださいよ」

「そういう意味ではなく……」

「立ち話もなんですから、早く鍵を開けてください。中で話しましょう」

イライラする。茉菜の声がとがった。

「帰っていただけませんか？」

「は？　ああ、疲れているんですよね。だから僕が食事の用意をするって言っているでしょ。何だったら、洗濯もしましょうか？　もちろん掃除だってしますよ」

穂高に衣類を触られることも、部屋の中をうろつかれることも、想像しただけでゾッとした。

「私、そんなこと望んでいませんから！」

「遠慮なんてしなくていいんですよ。それとも……テレているんですか？　そうですよね。初めて異性を部屋に入れるときは、ちょっと躊躇《ちゅうちょ》しますよね。わかります、わかりますよ。でも僕は気にしません」

同じ言語で話しているのに、永遠に交わることのない会話。茉菜は強気に出た。

「これ以上ここにいるなら、大声で叫びます！」

穂高は一瞬きょとんとした表情をしたかと思うと、突然近づいて、茉菜のポケットに手を突っ込んだ。

「なっ！」

「わかったよ。今、開けてあげるからね」

穂高の左手には、茉菜の部屋の鍵があった。

奪い返さなければ。そう思うのに、穂高の右手が、茉菜をがっちりとつかんでいる。二の腕に食い込む穂高の指が痛い。

ダメだ。コワイ。逃げなきゃ。でも――どこへ？

自宅はここだ。逃げる場所はない。茉菜が逃げられる場所なんて、どこにもなかった。

ドアノブに鍵が差し込まれる。

「その手を放せ！」

誰かの声がしたかと思うと、男が近づいてきた。穂高の手が茉菜から離れる。逆に穂高の腕をその男がつかんだ。

「彼女から離れろ！」

穂高よりも頭一つ大きい男は妙に迫力がある。威圧感は身体《からだ》だけでなく声からも感じたが、今はとにかく、助かった、という気持ちでいっぱいだった。

「オマエには関係ないだろ！」

「……関係ならある」

男は穂高の手から茉菜の部屋の鍵を奪う。男の顔が光に照らされ、ハッキリと見えた。

心臓が止まるかと思った。

驚きすぎて、茉菜は言葉どころか声すら出なかった。

暗かったせいで、すぐに気づけなかったが、忘れてはならない相手だった。視線が外せない茉菜は、穴が開くほどその顔を凝視した。

「大丈夫？　幽霊を見たみたいな顔をして。それともまさか、夫の顔を忘れたとか、言わないよね？」

穂高も驚いている。「夫？」と、それまでより一オクターブくらい高い声で叫んだ。

「茉菜さん、結婚していたの⁉　そんなこと、一度も言っていなかったじゃないか！指輪だってしてないし」

目の錯覚か、自分の記憶違いであって欲しい。もしくは悪い夢だと思いたかった。

だけど感覚はリアルで、「夫」は茉菜に話しかけてくる。

「しばらくぶりだから、戸惑うのも無理ないか」

茉菜の手は震え、全速力で走ったときよりも息苦しい。

ずっと、こんな日が来ることを恐れていた。だけど不思議と頭の片隅で、こんな日が来るかもしれないと覚悟もしていた。

「そんなに驚かないで。夫婦なんだから」

最後に夫を見たのは、今から約四年……いや、五年近く前のことだ。

穂高と夫。茉菜は二人の顔を交互に見比べる。どちらも茉菜にとって危険な存在だが、どちらがより危険かは、考えるまでもなかった。

「夫婦って、何だよそれ!」

憤慨したような穂高の言葉に夫が飄々《ひょうひょう》とした態度で答える。

「結婚しているんだよ」

「そんなわけないだろ！　茉菜さん！　嘘《うそ》だろ？」

茉菜にもわからない。夫は崖から落ちた。死んだと思っていた。

だけど夫は目の前にいて、茉菜の肩を抱いた。

「ただいま――茉菜」

触れられた感触に加え、名前を呼びかけられたことで、これは夢ではないと思った。

「……お帰りなさい」

「そういうことだから、邪魔しないでくれるかな。ちょっと二人で話がしたいんだ」

シッシッと虫か何かのように、夫は穂高を追い払う。

「何だよそれ、俺は信じないからな！」

穂高が信じられないのも無理はない。茉菜だって、信じられない気持ちでいっぱいだ。嘘だったら良いのにとは、穂高以上に茉菜の方が思っていた。

でもこの人は「ただいま――茉菜」と言った。そう言って帰って来る人は、一人しかいない。

茉菜が黙っていると、穂高は一度、夫を睨みつけてからその場を立ち去った。

穂高がいなくなると、空気が変わった気がした。だが軽くなったのとは違う。湿り気はなくなったが、その分酸素の濃度が薄くなったように、息苦しさが増した。

「こんなところで立ち話もなんだから、そろそろ中に入れてもらえない？」

「……はい」

穂高と同じ言葉を口にした夫を、もう一度じっくりと見た。この優しそうな顔は、記憶にはっきりと残っている。

夫の鈴倉和希《かずき》に間違いなかった。


「へぇー、こういう家に住んでいるんだ」

和希が部屋の中を見回している。1Kの部屋に見るところなどほとんどないはずだが、興味深そうに本棚やチェストの上を眺めていた。

茉菜の部屋は玄関を入ってすぐに台所がある造りで、トイレや風呂は通りに面していない。複雑な形状の土地に建てられたアパートのため、建物の形も複雑だ。きちんとした四角形ではない代わりに部屋は若干広い。

「今、お茶を淹《い》れますから、ここに座っていてください」

小さな座卓の前にクッションを置くと、和希は「行儀が悪いけど膝が痛いから」と右足を伸ばしたまま座った。

コンロにヤカンを置くだけなのに、和希の気配を感じながらだと緊張する。カップの準備をしながら、茉菜の頭の中は目まぐるしいほど回転していた。

アパートから追い出す……ことは難しいだろう。住まいが知られているし、曲がりなりにも「夫」だ。穂高とは違う。そもそも、なぜ今になって現れたのかを、知らなければならなかった。

「五年も、どうしていたんですか？」

「――え？」

「今までどこにいたんですか？　突然ここへ来た理由を教えてください」

言いたくないのか、和希は黙っていた。だがどうしても理由を知りたい茉菜は、質問を重ねる。

「もちろん、夫が妻の元へ帰って来るのは、普通なら当たり前のことかもしれませんけど……」

沈黙は続いたが、しばらくすると悩ましい顔をしながらも、和希は口を開いた。

「夫婦なのにどうして敬語？　……茉菜ってそんな話し方だった？」

一瞬、緊張を忘れて、今度は茉菜が「え？」と、短く叫んだ。

「俺……記憶がないんだ」

何かおかしいと思った茉菜はお茶の用意をやめて、和希の向かいに座った。

「どういうことですか？」

「どうもこうも今言った通り、これまでのことを覚えていないんだ。記憶喪失ってヤッ」

驚きすぎて質問が続けられない茉菜を置きざりにして、和希は説明を始めた。

「医学的には健忘症とか記憶障がいって言うみたいだけど。自分の名前を思い出したのは半年くらい前で、茉菜のことはようやく最近、思い出したんだよね」

「……嘘ですよね？」

「そりゃ――って、お湯が沸いたみたいだよ」

ヤカンの注ぎ口から湯気が立ち上っている。茉菜はシュッシュッと白い湯気を吐き出すヤカンと和希を交互に見た。

「喉かわいた」

諦めて台所へ行く。火を止め、お茶の準備をして戻ると、和希がニコニコと愛想の良い笑顔で茉菜を見ていた。

「……どうかしましたか？」

「茉菜にお茶を淹れてもらうって、なんか良いなって思っただけ」

「記憶喪失という話でしたけど……」

「んー……それはそうなんだけど」

相変わらず和希はニコニコしているが、茉菜を試しているのだろうか。本当に記憶喪失なのかもわからず、茉菜も態度を決めかねる。

茉菜が知っている鈴倉和希はひどく暴力的な人だった。こんなに穏やかな口調で話さず、少しでも機嫌を損ねればいつ拳《こぶし》が飛んでくるかわからなかった。だから茉菜は、いつも怯《おび》えて地雷を踏まないように、会話に気をつけていた。だけど地雷はその都度場所を変える。さっきまで大丈夫だった話題も、数分後には起爆スイッチに変わって爆発する。相手の望んでいるようにふるまうのは心の中を読まない限り不可能で、当時の茉菜は、『考える』ということができなくなっていた。

「命があっただけラッキーだったよ。普通なら即死って言われてさ」

即死と言いながら、和希は悠然とお茶を飲んでいる。

不審な様子は見られないが、素直に信じるには無理がある。茉菜は質問を変えることにした。

「和希さんは、何を覚えていて、何を忘れているんですか？」

「茉菜が敬語で話すのはどうして？」

「質問に質問で返さないでください」

「そうは言うけど、気になるんだよ。もしかして俺がそうさせていた？　敬語を使わないと怒るとか？」

敬語を使わなければ怒る、わけではなかったと思う。ただ、少しでも身を守ろうとしていたような気がする。

とはいえ、今の和希からは危険な空気は感じなかった。

「以前の俺がどうだったか、今の俺にはわからないけど、普通に話してよ。まあ、茉菜の好きでかまわないけど。無理に決めたらそれもまた違う感じがするし」

茉菜は警戒しながら、わかりました、と言った。だが当面、この距離感を変えるつもりはない。

「怪我《けが》をしてから、どうしていたんですか？」

「病院へ運ばれて、意識不明で十か月ほど昏睡《こんすい》状態だったらしいよ。意識がないから俺には何が何だかって感じだけど……いろいろ大変だったみたいだね」

「他人事《ひとごと》みたい……ですね」

和希は海外ドラマの登場人物のように、軽く肩をすくめた。

「昏睡状態だったんだからそこは勘弁してよ。実際に物事を理解できるくらい回復したのは、そこからさらに十か月くらい時間がかかったし。トータル二年弱、身体も頭も使い物にならなかったんだから、他人事になるのも仕方がないでしょ」

疑い出せばキリがない。ただ、意識がなければ連絡できないのは無理もない、とは思う。

「それよりこのアパート、セキュリティに難がありすぎるよ。鍵なんておもちゃレベルだし。なんでこんなところに住んでいるの？　その気になれば、この部屋に入ることなんて、鍵がなくても朝めし前だよ」

それは穂高に対してのことなのか、自分を追い出しても無駄だということだろうか。どちらを言っているのかは、茉菜には判断できない。

ただこれには明確な答えを持っていた。

「家賃と広さの関係です」

「なるほど……。じゃあ、鍵だけでも付け替えようか。ところで茉菜は今、何の仕事をしているの？」

教えても大丈夫だろうかと一瞬躊躇したが、嘘をついても、家がわかっている以上バレるのは時間の問題だろう。素直に答えることにした。

「アパレル関係です」

「服を売っているってこと？」

「いえ、作る方で……デザインとか。まだアシスタント的な仕事の方が多いですけど」

「へぇー、凄《すご》い。ちなみにどんな服作っているの？」

「婦人服ですけど……私の話なんかより」

茉菜が質問を始めようとすると、和希が口を挟んだ。

「さっきの男は知り合い、だよね？　もしかして同僚？」

これが訊きたかったのか、と茉菜は思った。

「いえ、同僚ではありません。取引先の人です」

茉菜の勤める会社は今、通販やセレクトショップに置いてもらうだけではなく、直営の店舗をオープンするため、物件を探していた。そんなとき候補にあがったのが、さっき自宅までやってきた穂高が勤めるショッピングビルだった。穂高はそこでテナントの誘致を担当している。

会社と穂高の関係を簡単に説明すると、和希はわかった、とあごを引いた。

「警察に相談は？」

「していません」

「なぜ？」

「……被害がなければ、警察が動くことはないと思ったので」

本音は警察と関わりたくなかった。どこで過去のことを蒸し返されるかわからないからだ。そして万が一過去がバレたら——茉菜は何もかも失ってしまう。

和希は、んー……とうなりながら、髪をかきむしった。

「茉菜の言うことも間違っていないけど、家に来られてからじゃ遅いし、届けを出すことで変わってくることもあるはずだよ。こういうことは、被害が拡大する前に動いた方が、結果的には早く終息するから」

和希の言うことはもっともだ。警察に相談することで、穂高を止《と》める効果はあるかもしれない。とはいえ「夫」がいるとわかった今、穂高が茉菜に近づくことはもうないだろう。

「そんなことより、どうやって私の居場所を知ったんですか？」

「夫だから」

「え？」

「妻のピンチを救うためにやってきたんだ」

冗談ではなく……と、茉菜が胡乱《うろん》なものを見る目で見ていると、和希がペロリと舌を出した。

「以心伝心」

もはや返事をする気力もない茉菜がしばらく黙っていると、和希は「役所」と種明かしをした。

「戸籍も住民票も、配偶者は取得できるよ」

「あ……」

確かにそうだ。婚姻関係にあれば閲覧可能だ。だがそれならば、さらなる疑問がわいた。

「突然来る前に、電話しようとは思わなかったんですか？」

「電話番号は住民票には載ってないよ」

「だったら手紙とか？」

「そんなものを出して返事を待っているくらいなら、来た方が早いよ。仙台から新幹線に乗ればすぐだし。っていうか、さっきから聞いてると、俺に帰ってきて欲しくなかったわけ？」

「いえ、そういうわけでは……ただ、四年半……五年近くも連絡がなかったから驚いて」

「確かに……五年は長いか」

しんみりとされると、茉菜も申し訳ない気持ちになる。ただ、以前の和希のことを思い返すと油断はできない。何より、自分の居場所を確保するための嘘だとしたら……。

穂高がいたから受け入れたが、実際どうすることが正解だったのか茉菜は悩む。

そもそも、穂高が来たタイミングと一緒になったのも偶然ではない可能性がある。疑問は次々に浮かぶが、どれも消えることはない。とはいえ、一気に解消するのも難しいだろう。

茉菜は夫をもう一度見た。優しそうな口元に奥二重の目。三十歳になっているはずなのに、どこか少年のようなあどけなさを残した顔。

だが、人が見かけで判断できないことも、他人を欺くために優しさの仮面を付けられる人がいることも、茉菜は知っている。

茉菜を脅迫するネタを探しているとすれば、伝えておかなければならないことがあった。

「私、勤めてまだ一年半くらいなので、貯金はありません」

「は？　俺、金をせびりにここへ来たわけじゃないよ」

以前の和希は、仕事を転々とし借金を重ねていた。茉菜に金をせびることも珍しくなかった。

「妻が何をしているか気になるのは夫として当然だし、一緒にいたいと思うのも当然でしょ」

財布を出した和希は、一万円札を数枚テーブルの上に置いた。

「当面の生活費」

「こんなお金、どこで？」

「別にこれは、悪事を働いて得た金じゃないよ」

その言葉が信用できるかわからないし、お金を受け取れば、和希を受け入れたことになる気がする。茉菜が無言で札を突き返すと、和希も同じように押し返してきた。行き来する札はやがて、テーブルの上に置かれたままになる。札から目を背けた和希は、それで、と話を変えた。

「茉菜はいつ、仙台から東京に来たの？」

茉菜は言葉に詰まった。

もちろん忘れたわけではない。むしろその部分だけ記憶喪失になれるものなら、なってみたいとすら思う。ただ声に出すのは喉が詰まったように苦しい。だから「あの直後に……」と答えたまま固まってしまった。

「ああ……」

ある程度はそれで通じたらしい。その当時、意識がなくても起きたことを知っていれば、想像はできるはずだ。

「私のことなんかより他には？　何も覚えていないんですか？　記憶がなくて、生活に支障はないんですか？」

「赤信号は渡っちゃいけないとか、そういうことは覚えているよ。歴史の年表とかはよくわからないけど。たとえば、クイズ番組を見て答えられないのは、もともと俺がバカなのか、忘れたからバカになったのか、わかる？　わからないでしょ」

「怪我はどの程度だったんですか？　昏睡状態だったのはわかりましたが、記憶障がい以外に後遺症は？」

「全身のいたるところを骨折していたらしいんだけど、意識がない間にある程度治療は終わっていて。ただ意識がないってことは寝たきりだから、目覚めてから最初のうちはベッドの上で起き上がるだけでも大変だったよ。リハビリも相当したし。見た目だけじゃわからないだろうけど、今も万全とはいえないかな。この足も……調子が悪いと痛むんだ。本音を言うと、さっきの男が殴りかかってきたらどうしようかと思っていたんだよね」

生死をさまよう怪我をして、目に見える後遺症が足だけなら、運が良かったと言えるのかもしれない。少なくとも、日常生活に大きな問題はなさそうだった。

「そういう茉菜は、昔から洋服とか興味あったの？　それとも仙台にいたころもそういう仕事をしていたとか？」

「いえ、アパレルは東京に来てからです」

未経験で雇ってもらえる仕事ではない。職歴がないのなら学校で学ぶしかない、と思い、夜間の専門学校に通った。

それを和希に伝えると、難しい顔をした。

「仙台では何をしていたんだっけ？」

どこまで説明すればいいだろう。できればあのころのことはあまり思い出したくない。ただ残念ながら茉菜は、和希のように本当の意味で忘れることはできなかった。

茉菜が口ごもると、和希は覚悟を決めたように「あのさ」と言った。

「俺、そんなにひどかった？」

「え？」

和希はうつむいた。

「以前の俺、どんなだった？　茉菜が話したくないと思うくらい、ヤバいやつだった？」

「それは……」

「過去のこととはいえ、自分のことだから隠さず話してよ」

記憶があれば蒸し返したい話ではないはずだ。だが、そもそも罪悪感を抱いていない可能性もある。

茉菜は和希の反応を見ながら、口を開く。最初は優しかったこと、しかし同棲してから突発的にお金が必要になって自分の友人に茉菜を一晩売ったこと、妊娠が発覚して入籍したこと、入籍直後に暴力的になったこと、女性関係が派手だったこと。

歴史の教科書を読むように淡々と説明した。その方が話しやすかった。

他には……と、考えていると、和希の表情が、恐ろしいものでも見たかのように強《こわ》張《ば》っていた。

和希は絞り出すように言った。

「だから俺が帰ってきたとき、喜んだりせずに驚くだけだったんだ。そりゃそうだよな。暴力振るって、しかも……ゴメン。俺がしたことなのに、なんかそんな人間だったと思うと、事故にあったとはいえ、よくも……忘れていられたなって……」

もしこれが演技だとしたら俳優になれると思うくらい、和希はショックを受けていた。声を震わせている。

記憶がないというのは本当なのかもしれない、と茉菜は思った。

いきなり和希が床に額を付けた。

「悪かった。謝ってすむ問題じゃないけど、本当に申し訳ない。金輪際、茉菜に手を上げたりしない。もちろん女性関係や金銭面でも迷惑はかけない。……今、ここで言葉にしたところで信じられないかもしれないけど、絶対にそんなことはしない。だから、もう一度だけチャンスが欲しい！　頼む、この通りだ。やり直させてもらえないか」

和希の床に突いた指先が白くなっている。もう、それ以上頭は下げられないはずなのに、もっと下げようとしているのか、首の角度がさらに深くなった。

誠意を表しているつもりなのだろうが、和希が過去に何をしたのか思い返せば、それでも不安は消えるわけがない。

「もし、また手を出したら？」

「そのときは、すぐに警察に通報してもらってかまわない。茉菜が許してくれるまで、指一本触れない。誓って、何もしない」

一つ屋根の下に男女がいて、しかも法的には夫婦だ。

「それを信じろと言われても……」

茉菜が何を懸念しているのか気づいたのか、和希は顔をあげて、茉菜の目をまっすぐに見た。

「夫婦だからこそ、信頼関係が必要だ。……俺が言っても、説得力がないかもしれないけど。一度でいい。もう一度、茉菜と過ごす時間が欲しいんだ」

必死なことは伝わってくる。命を落としかけたこと、記憶を失ったことで、考え方が変わっている――可能性はある。

だけどそうなると、もう一つ疑問があった。

「記憶がないなら、無理に結婚生活をしなくても良くないですか？　お互い自由に……」

「それは嫌だ！　確かに俺は昔のことを覚えていない。だけど自分が結婚していることを知って、自分がどんな風に生活していたのか、取り戻したいんだ。もちろん、悪かったところは改める。だけど、せっかく茉菜と結婚したことを、なかったことにはしたくないんだ！　……すべて俺の勝手だけど」

強気かと思ったら、突然弱気になる。最後に付け加えた言葉は、唇の先で呟《つぶや》く程度の声量になっていた。

「だからもう一度だけ、チャ――」

「わかりました」

「え？」

「わかりました。何かあったら、すぐに出ていってもらいます。それで良いですか？」

「もちろん！　絶対殴ったりしないから」

記憶をなくすとこうも人は変わるのだろうか。

もしそうなら――それはそれで、茉菜にとっては不都合である。どちらにせよ、夫婦なのは間違いない。居場所を突き止められた以上、和希の様子を見ながら今後を考えるしかない。

そうなれば、普通の生活をしていくしかなさそうだ。

話しているのも気づまりで、空気を変えたい茉菜は立ち上がった。

「夕飯は何を食べたいですか？　というほど、材料を用意していませんけど」

「何でも良い――っていうのは、世の女性からすると、ダメな回答なんだっけ？」

「嫌がる女性は多いと思いますが、何でも良いと言われてカレーライスを作ったあとに、こんなものを食べられるか！　と、お皿をひっくり返さなければ、私は気にしません」

「うわっ……俺、そんなこともやっていたわけ？」

最低だ、と和希は頭を抱えた。

「茉菜はよく、こんな男と結婚したね……」

「必ずとは言いませんが、世の男女の関係において婚姻前と後で態度が変わることは珍しくない話です。さっきも言いましたが、結婚するまでは優しかった……ですよ」

「やっぱり俺、最低すぎる」

頭を抱えたまま、和希はうなった。

「でも結婚したってことは、惹《ひ》かれるところがあったということだよね？」

「……ポジティブですね」

とはいえ、結婚しても良いと思うくらい、好きになったのは確か……かもしれない。

どうも今、目の前の和希を見ていると、調子が狂う。

「それより、夕飯のリクエストをまだ聞いていません」

「ああ……そっか。じゃあカレーライスで。今度はお皿をひっくり返さないから」

「不味《まず》いカレーを出してもその言葉を覆さないでくださいね。私、料理はあまり得意ではないので」

思わぬパンチだったのか、和希は「カレーって、誰が作ってもそれなりになると思うけど……」と、難しい顔をしていた。

翌日。行ってらっしゃい、と和希を見送ってから五分ほどたった。掃除をするからと家に残った茉菜は、玄関の鍵をかけて部屋の隅に置いてあるボストンバッグに目をやる。

和希はカバン一つで茉菜のところへやってきた。着替えは一セットしかなく、衣類や日用品を買いに、駅の反対側にある商店街に行くと言って出ていった。アパートから商店街まで徒歩で片道二十分。土曜日とあってそれなりに混んでいるだろう商店街での買い物からは、少なく見積もっても一時間は帰ってこないはずだ。荷物を見るなら今しかない。

一晩一緒に過ごしたが、別々の布団で寝て、何事もなく朝を迎えた。一つの部屋に男女がいれば何かあっても驚かない。しかも夫婦だ。口では何と言っていようと、家に入れた以上、茉菜は覚悟していた。だが和希は本当に指一本触れてこなかった。

不思議なくらい暴力的な部分が見えない。記憶を失った鈴倉和希は、姿かたちは同じでも、中身は全く違う人間になっている。茉菜は、改めてあの人は本当に夫なのかと疑問を覚えた。

茉菜はボストンバッグを開けた。衣類などはすでにカバンから出してある。中に物はほとんど入っていなかった。

一冊の文庫本とスマホの充電器。あとはタブレット端末とカードケースくらいだ。

タブレット端末は起動させてみようと電源ボタンに触れたが、電池が完全になくなっていた。

充電したら見られるだろうが、和希が買い物から帰ってきて、すぐに起動させようとしたら、気づかれるかもしれない。そもそも何かあるとすれば、普段持ち歩いているスマホの方が怪しいだろう。

そうなると、今調べられるのはカードケースだけだ。革製のケースはかなり使い込まれていて、端の方がすれて白っぽくなっている。茉菜はカードケースをゆっくりと開けた。

中には、ドラッグストアのポイントカードと、仙台の飲食店のスタンプカードが入っていた。スタンプはどれも一つ、二つしか押してなかった。とりあえず作ったものの、たいして使う気はなかったようだ。

残念ながら、身元を確認できそうな物は何もなかった。カバンの中に一つくらい、名前のわかりそうなものがあっても良さそうだが、まったくないのはどうなのだろう。

そう思いながら、茉菜はカードケースを元の場所にしまった。

和希が買い物から帰ってきてから、茉菜はぼんやりとしていた。スマホでファッションサイトを見ても、好きな動画サイトを開いても、内容が少しも頭に入ってこない。

茉菜はうつ伏せで本を読んでいる和希を見た。身体が痛くなりそうな体勢でかれこれ一時間近く読書をしている。買い物からなかなか帰ってこないと思ったら、何冊か本を買ってきたようで、よほど面白いのか、ずっと読んでいた。

今この部屋で本を読んでいる人は、本物の夫なのかがわからない。

「茉菜」

和希が上体を起こし、ブラブラと両腕を振っていた。

「ちょっと、外に出ない？」

「買い忘れたものでもありましたか？」

「いや、今から散歩でもどうかと思って」

肩も凝ったし、と苦笑する。やはりあの体勢は辛かったらしい。首を回してから、肩を叩いている。

「さっき買い物へ行くとき、ちょっと回り道をしてみたら、公園があったから」

「でも、もう遅くないですか？」

「時間？　大丈夫だよ。整備されているみたいだったし」

「そうなんですか？」

「もしかして、行ったことないの？」

おそらく、アパートから十五分くらい歩いた場所にある公園のことだろう。存在自体は知っている。ただ、四年近く今の場所に住んでいても、一度も訪れたことはなかった。

「駅と反対方向だったから、わざわざ行こうとは思わなくて」

「たまには自然と触れ合うのも良いんじゃない？　田舎の出身からすると、都会の自然は人工的な匂いがするかもしれないけど、少々暗くなっても外灯があるし、まだ全然歩けるよ」

「確かに、田舎の自然は野性味に溢《あふ》れていますからね」

「野性味って」

何がおかしかったのかわからないが、和希が「野性味って」と繰り返しながら笑っていた。

茉菜にとって忘れられない自然は、うっそうと生い茂った木々に、一歩足を踏み外したら命の危険がある崖だ。いたるところにクモの巣が張り、ガサガサと音がすれば、人を襲う動物と出くわすこともあるかもしれない。

その点、整備された自然は、人に優しいだろう。

「物足りないかもしれないけど、田舎の自然とは違う良さがあるよ」

「足は大丈夫なんですか？」

「ゆっくり歩くくらいなら、心配いらないよ」

促されるように、二人で外出した。

和希が言うように、公園は手つかずの自然とは違い、人を排除するのではなく、迎え入れてくれるようで居心地が良い。遊具の数はそれほど多くはなく、ウォーキングやジョギングに励む人の姿が目立っていた。

和希は散歩の最中、特に話しかけてこなかった。たまに「あ、ケヤキ」や「桜が満開のときに来たかったな」などとつぶやいていたがすべて独り言だ。

でも、その静かな時間は苦痛ではなかった。

「奇麗《きれい》だ」

和希がわずかに目を細めている。空を赤く染める太陽は姿を消しかけて、夜への入り口を開いていた。

そうですね、と返事をしながら、茉菜も暗くなって行く空を見ていた。

自宅まで穂高が来たことを上司に報告すると、茉菜は担当を外れることになった。あの日から約二週間、穂高の姿は目にしていない。

「鈴倉さん、夏物の仕様書、明日までだから遅れないようにしてね」

「もう少しで終わります」

季節ものを扱っている仕事なのに、季節感がないのがこの業界だ。そもそも売り場はハイシーズンにはバーゲンをして、次の季節のものを並べている。それに間に合うようにするには製作現場はさらに季節を先取りする必要があり、たまに、自分が今いる場所を見失いそうになる。

「じゃあお昼にしたら？　なかなか作業をやめないから、終わらないで焦っているのかと思ったわよ」

上司が壁にかけてある時計を指さした。とっくに昼休憩の時間だ。

「そういうわけじゃないんですけど、キリが良いところまでって思っていたら、予定より時間がかかって、いつまでもキリがよくならなくて」

あるある、と上司が笑った。

「まあでも、強制的にキリをつけちゃわないと、休憩逃しちゃうわよ。鈴倉さん、午後から打ち合わせの予定入っているでしょ。食べられるときに食べないと」

「ですね」

「今日もお弁当？」

「はい」

「偉いわよね。私なんて、子どものお弁当があるから、ついでに自分の分も用意しているだけなのに」

そう言いながら、上司は茉菜から離れていった。

食事の場所は特に決まりはない。よほど匂いが強烈でなければ、皆、自分のデスクで食べる。茉菜もそうしている。もちろん外出も自由だ。

茉菜は少しドキドキしながら弁当の蓋を開けた。

「私より上手かも……」

「何？」

隣の机にいる先輩が、茉菜のつぶやきに反応した。会社の設立当初から勤務する先輩は、話好きで楽しい女性だ。

いえ……と答えて、茉菜はじっくりと弁当箱の中を見た。

人参《にんじん》とインゲンを薄切り肉で巻いて焼いたもの。しっぽを取った小さなエビフライ。だし巻き卵。彩りを考えたのか、真っ赤なプチトマトとブロッコリーも入っている。どれもでき合いのものは使っていない。茉菜が自分で用意すると、もっと手抜きだし、冷凍食品も入れる。これは和希が作ったお弁当だ。

初日のカレーは茉菜が作ったが、和希の方が自宅にいる時間が長いこともあり、今は食事をほぼ作ってもらっている。茉菜よりも手際が良く、味つけも悪くない。とてもお皿をひっくり返していた人と同一人物とは思えなかった。

隣から先輩が首を伸ばして、茉菜の弁当の中を覗《のぞ》き込んだ。

「ひとり言が抑えられないのは、老化現象だって母が言っていたわ」

面白い人だが、四十代も半ばくらいのせいか、忙しい日が続くと疲れが色濃く顔に出る。今も目の下のクマがくっきりと現れていた。

「でね、母の言っていたそれを、最近私も自覚しているところ。特に連休なんかで子どもが部活に行って、仕事もなくて一人で家にいると、ヤバいって思うから」

「先輩のご主人、単身赴任先からあまり帰ってこられないんでしたよね？」

「そう。東京と福岡じゃあ、毎週帰るってわけにはいかないからね。まあ良いのよ。

子ども大きいし、お互い気を使わずに仕事をしている方がラクだから」

「そんなものですか？」

「そんなもの。これである日突然、単身赴任終了！　なんて言われたら、逆に悩んじゃうかもしれない。あ、もちろん嫌いってわけじゃないの。嫌いじゃない。うん、これは結婚していない人に言っても、理解してもらえないかもしれないけど」

結婚していることを会社に伝えていない茉菜は、そうですね、とも、わかります、ともいえず、ハハ、と軽く笑ってごまかすしかなかった。

「そんなことより、例のショッピングビルのテナントの話だけど」

先輩の声のトーンが一段階低くなった。

「先方にはまだ伝えていないけど、あの話はやめることにしたから」

「どういうことですか？　まさか……」

食って掛かる勢いで茉菜が先輩に身を寄せると「違う違う」と、軽い調子で手を振られた。

「断られたんじゃないの、こっちから断るの」

「私のせいですか？」

先輩はもう一度「違う違う」と、今度は力強く手を振った。

「社長が場所のことで悩んでいる間に、もっと条件の良い物件が出たのよ」

「え？」

「前から狙っていたショッピングビルで、最近急に撤退が決まったショップがあったの。最初からそっちに出店したいぐらいだったから、ラッキーだったわ」

「そうですか……」

茉菜はホッとした。穂高の件がどこまで会社に影響を及ぼすかわからなかっただけに、結果的には丸く収まって良かった。

気がかりが一つ消えた。だが残る気がかりは先が見えずにいる。

和希の存在はやっかいだ。茉菜の生活をかき乱す。少なくとも東京で一人暮らしを始めてからの、忙しくも静かな毎日ではなくなっている。だけど……。

「悪いことばかりでもないし……」

「え、何？」

「いえ……独り言です」

先輩が、本当に大丈夫？　と笑っていた。

仕事が終わって帰宅すると、窓から明かりがこぼれていた。

この場所に住むようになってから、誰かが茉菜を待っていることなどなかったから、今でも一瞬ドキッとしてしまう。

和希が家にいる。茉菜を待っている。

たったそれだけのことだが、茉菜は落ち着かない。落ち着かない理由もわかっているがどうにもならない。

和希は宣言通り、一緒に暮らし始めてから茉菜に手をあげることはない。声を荒らげることもない。触れてくることもない。だからと言って、険悪になるわけでもない。

「記憶喪失って、人格まで変わるのかな……」

不安が消えるわけではないが、今のところ大きな問題はなかった。ただ、この先もしも記憶を取り戻したら、今の生活は続けられない。

一生このままでいられたら……。

そんな考えがよぎったが、それは薄い氷の上を歩き続けるようなもので、常に融《と》けるか割れるかの緊張を味わう日々だ。

ドアを開けると、玄関のすぐ近くに和希が立っていた。

「おかえり。今日は早かったんだね」

「……何をしているんですか？」

　台所の流し台のところで、和希がドライバーを持っていた。

「タオル掛けの高さを変えようかと思って。茉菜が使いづらそうにしていたから」

「今まであったものは、以前住んでいた人が使っていたものなので」

　賃貸物件だが、少しくらいならネジや釘《くぎ》を打っても良いと言われている。ただ、少々高さが合わなくても、大きな不自由はないから、そのまま使い続けていた。

　ネジや釘があるか、出勤前に和希から訊かれていたが、てっきり自分のために使うものだと思っていた。

「もしかして、余計なことした？」

「いえ……」

「なら良いけど、なんか微妙そうな顔しているから、勝手に家をいじって怒っているのかと」

「気にしないでください」

　むしろこだわりがあったら、とっくに自分の使い勝手がいいように直している。茉菜は少しくらい不便を感じても、そんなものかと思っていた。

「次は訊いてから動くよ。――よし完成。使ってみて」

早く、早く、と和希が急《せ》かす。カバンを置いて手を洗った茉菜は、さっそくそこに掛かったタオルで手を拭いてみた。

タオル掛けは、茉菜が腰をかがめなくても、逆に手を上げなくても使えるちょうど良い高さだった。

「もう少し、低い方が良かった？　それともやっぱり、前の方が良かった？」

背中越しに聞こえる問いかけは、若干不安そうだ。

茉菜は和希に背を向けたまま、首を横に振る。今までより、ずっと使いやすい。

「そういや、何度も言っているけど、遅くなるときは連絡しなよ。アイツに家を知られているんだから」

「それはもう、大丈夫だと思います。会社にも知れたことですし、テナントも別のところと契約しましたから。これ以上付きまとっても、あの人にとって、良いことはないですし、さすがにバカな真似《まね》はしないと思います。仕事はできる人ですから」

「どーかな」

和希は納得した様子ではない。

「仕事と人格が一緒なら、この世の悪人のすべては無職ってことになるけど、そうじゃないよね？　悪人はどこにでもいるよ。……知っていると思うけど」

茉菜はドキッとする。

それは自分を信用するなということなのだろうか。それとも……。

「あの……明日の夜は友人と食事の約束をしているんです。なので遅くなるかと」

「女性？」

「はい。違う会社ですけど同業者なので、たまにご飯を食べながら情報交換というか……」

「わかった。じゃあ、駅に着きそうなころ連絡して。迎えに行くから」

心配しすぎです、と笑いながら、茉菜はそれが作り笑いなのか、本当に笑っているのか、自分でもわからなかった。


「茉菜、こっちー」

賑《にぎ》やかな店内の一番奥の席で結城朋絵《ゆうきともえ》が手を振っていた。遅れることは連絡済みだが、約束の時間から二十分が過ぎている。茉菜はテーブルに駆け寄った。

「遅くなってごめん。会社出ようとしたときに、雨に気づいて」

「平気、私の方も着いたのは少し前だから」

店のガラス戸に雨が強く打ち付けている。今朝は寝坊したせいで、慌ただしく家を出た結果、会社の近くのコンビニで傘を買う羽目になった。

茉菜はテーブルを挟んで向かいに座る。アルコールの種類も豊富なビストロは、料理も評判だ。やや値段が高めなこともあり、利用するのは二人にとって嬉《うれ》しいことがあったときだけ。今日は朋絵の方からこの店を指定してきた。朋絵は同じ専門学校で服飾デザインを学んでいた同級生だった。

茉菜と朋絵が在籍していたのは夜間クラスで、在学中は二人ともバイトと課題に追われていた。昼間のクラスは高校を卒業してすぐに入学する学生が多かったが、夜間はバラエティに富んでいる。授業は週三日で、十八時から二十一時半までと授業数が少ない。学費が安いという理由で選んだ人もいれば、別分野の大学を卒業したものの服を製作したいと進路変更した人、服飾の勉強はしたいが、高校まで不登校気味で毎日の通学は難しい人など、経歴も動機も様々だった。

その中で茉菜と朋絵は、学費も生活費も自力で賄うために選択肢がなかったという共通点があり、それが二人の仲を近づけた。

卒業後は各々服飾メーカーに就職し、朋絵も今は企画担当として働いている。

「久しぶりだね。朋絵の会社も忙しい？」

「忙しいよー、茉菜のところも忙しいでしょ。この前会社に、テレビの取材が入ったって言ってたじゃない」

「んー……放送はされたけど、テレビ効果はそれほどでもなかったかな。社長は売るぞって意気込んでいたけど、深夜帯の衛星放送の番組だからね。影響力は限定的だったみたい。忙しいことには違いないけど」

「そっかー。うちの会社も業績はイマイチだわ。ただ売り上げは右肩下がりなのに、忙しさは右肩上がりって、どういうことなんだろう、って思うくらい毎日仕事に追われているけど」

全然嬉しくない、と朋絵は渋い表情をした。

「とは言ってもこのままじゃダメだってことで、うちの会社、外部のデザイナーと提携することになったの。コラボって言えば良いのかな。そのせいで少し前までかなり忙しかったんだよね」

「流行《はや》りそうなデザイナーと組めば、それなりに売り上げも見込めるんじゃない？」

「もちろんそのつもりで進めているけど、知名度のあるデザイナーは高くて。コレが」

朋絵が親指と人差し指で円を作った。同業者なだけに、茉菜もそのあたりは想像できる。

「それで、お偉いさんたちが会議を重ねた結果、イギリスのデザイナーと契約したの」

朋絵が口にしたのは、茉菜も耳にしたことがある二十代に人気のブランドで活躍する人の名前だった。

「朋絵がその担当者になったの？」

「一人じゃないよ。私はチームの一番下っ端。ほとんど雑用係みたいな感じで、いい様に使われているだけ。まあ、他の会社の仕事を見られるのは面白いんだけど……」

何だろう？　と茉菜は首を捻《ひね》った。朋絵の口が少し重い。

「今日はその報告で、茉菜に時間を作ってもらったんだよね……」

会う約束をしたときは、時間と場所のことしかやり取りしていない。詳しいことは会ってから話すと言われていた。

朋絵は少しうつむき加減になった。

「私ね、その仕事で知り合った人と結婚する」

「え⁉　デザイナーと？」

タレントのゴシップにはさほど興味はなくても、友人の結婚相手となればさすがに茉菜も食いつく。しかも、そこそこ有名なデザイナーだ。

だが前のめりの茉菜を、朋絵はあっさり退けた。

「ううん、その通訳をしている人。デザイナーは無理だよ。言葉通じないし」

「あ……確かに。良かったね、おめでとう。だから今日はこのお店なのね」

えへ、と朋絵は笑う。

茉菜も朋絵も親に頼れない家庭環境だ。それでも夢を諦められず、バイトをしながら必死に勉強した。

「仕事は続けるんでしょう？」

「それが引っ越さなきゃだから、しばらくは無理かな。慣れたらいずれ、仕事を探すつもりだけど、まずは言葉の壁があるから」

「言葉？　お付き合いしている人……もしかしてイギリスの人？　イギリスに引っ越すの？」

「うん。その人、デザイナー付きの通訳で、英語と日本語以外に、フランス語とドイツ語も話せて」

「フランス語……」

「どうかした？」

「ううん……凄いなって思っただけ」

あまりにも陳腐な感想だが、凄い、としか茉菜には言えなかった。

朋絵の話では、結婚相手は幼少のころ、親の仕事の関係でいろいろな国を転々としていたらしい。日本にも二年ほど滞在し、そのときに日本語を話せるようになったという。現在は語学力を買われて、アパレルブランドで通訳や翻訳の業務に携わっているとのことだった。

「世界が違うって感じがする」

「それは私も思った。というかこんな私が、彼と結婚していいのかって今でも思ってる。だってそうでしょ？　親と疎遠で学校も夜間の専門を何とか卒業したくらいの私じゃ釣り合わない。将来きっと、子どもの教育方針で喧嘩《けんか》になったりするんだよ」

朋絵の実の両親は離婚後、双方とも再婚している。母親に付いていった朋絵は、そこで次の父親と上手くいかなかった。母親も新しい夫との間にできた子どもの方をかわいがり、家に朋絵の居場所はなかったという。

家出と非行を繰り返した娘に母親は手を焼き、実父も朋絵を引き取ることを拒んだため、養護施設で暮らすことになったと聞いている。朋絵が中学生のころだ。

十八歳で養護施設を出た朋絵は、その後働いてある程度お金を貯《た》めてから、茉菜と同じ専門学校に入学した。

朋絵の不安を理解できる茉菜は、考えすぎ、と笑うことはできなかった。

「両親がいて、大学も出ていて、何より家族と仲が良いの。仕事柄海外を転々としているから会うことは少ないらしいけど、年単位で音沙汰のない私と比べると、何もかもが違いすぎるんだよね」

「それでも彼は、朋絵が良いって言っているんでしょう？」

「そうだけど……今はまだ、彼が知っている多くは仕事中の私で、プライベートを一緒に過ごした時間は、それほど長くないから」

「じゃあ、一緒に過ごした時間が長ければ、もめずに済むの？」

「それは……」

口ごもる朋絵に、茉菜は詰め寄った。

「一緒に過ごす時間が長ければ、逆にもめる原因にならない？　生活していくうちにイヤな部分が見えて、喧嘩することってあるでしょ？　その方が不安じゃない？」

朋絵が悲しそうな表情をした。それを見て、茉菜は自分の失言に気づいた。

「ゴメン！　そうじゃないの。そういうことじゃなくて、私はただ……！」

朋絵は茉菜の顔の前に手を出して、言葉を遮った。

「わかってる。言われても仕方がないよね」

朋絵の悲しそうな顔が、苦笑いに変化した。

茉菜はもう一度、「ごめんなさい」と謝った。いつも悪い方を考えてしまう。その方が傷つかないからだ。

その考え方は朋絵も理解してくれている。

「私たちって子どものころに、王子様と結婚したあとの世界を見てしまっているじゃない？　夢より先に現実見せられたら、不安にもなるよ」

うん、と答えながら茉菜は、自分の育った環境を振り返る。暗闇のような世界で、一瞬だけ光が射すことはあっても、長くは続かなかった。もう一度人生を選べるなら、間違いなく別の家庭に生まれることを望む。

朋絵も言葉にはできない部分で、たくさん悩んだはずだ。

「でもね、恋愛はいくつかしてきたけど、結婚したいと思った人は、今回が初めてだったんだ。だから不安はあるけど、やっぱり嬉しいかな」

幸せそうに微笑《ほほえ》む朋絵は、どうやらノロケたかったらしい。茉菜はようやく心の底から「おめでとう」と言えた。

話に夢中になっていて、ほぼ手つかずの料理に、朋絵がようやく箸を伸ばす。しばらく料理やアルコールを楽しんでいたかと思うと、朋絵はところで、と話を変えた。

「茉菜の方は最近どう？　何か変わったことはあった？」

「え？」

あった。ありすぎた。

だが朋絵にも結婚していることは伝えていなかったから、和希の説明が難しい。夫が突然帰ってきました、と言ったところで信じてもらえないだろうし、信じてもらえたらもらえたで、今度は心配されるだけだ。和希のことを話そうとすれば、穂高の件も黙ってはいられない。そして過去の――。

黙っていたせいか、朋絵がニヤッと笑った。どうやら別の誤解をしたらしい。

「ないないない。何もない」

本当？　と、朋絵は疑わしそうな目で茉菜を見ている。

本当だよ、と答える茉菜が嘘をついていることは、きっとバレバレだろう。

「そりゃ、これまで一度も何もなかったわけじゃないけど、最近は……」

「そういえば、茉菜は学生時代も恋人作らなかったよね。あんまり興味なさそうだったっていうか。実はすごく理想が高いとか？」

「そんなことないよ。普通の人が良い。別に、イケメンとかお金持ちとか、そういうのは全然気にしないから、普通の人。少しくらいオッチョコチョイでも良いし、忘れっぽくても良い。弱いところも強いところもある普通の人……」

茉菜が話している最中、朋絵はうんうん、とうなずいていた。それが、わかったわかった、皆まで言わずとも理解した、と言わんばかりの表情で、何やら一人でストーリーを作っているのは聞かずとも感じ取れた。

「恋は良いよね」

「そんなんじゃないってば……」

できるものなら相談したい。でも、もうすぐ結婚して日本を出ていく朋絵に、心配はかけたくなかった。

「本当に何もないから」

話せることは。

そう心の中で付け加えると、茉菜はグラスに残っていたアルコールを一気に飲み干した。

使う路線が違うため、朋絵とは店の前で別れた。一人で心地よい酔いを味わいながら、茉菜は朋絵の結婚を喜んでいた。

幸せなんて一瞬のことで、永遠に続くものではないと知っている。でも朋絵のことは応援している。

矛盾する気持ちを、茉菜はずっと抱えていた。

「願望と覚悟は違うってことだよね……」

和希が帰ってきたときに思ったことだ。

崖から落ちた和希は、もう帰ってこないだろうと思っていた。だけど不思議なことに、心のどこかでは帰ってくるかもしれない、とも思っていた。何事においても常に悪いことを考えるのは、もうクセになっている。

今の状態が続くことはまずないだろう。

過去の暴力を理由にすれば、和希は離婚に応じてくれるかもしれない。だが離れたあとに記憶を取り戻したら……。離れれば和希の行動を把握できない。逆に一緒にいれば、いつ寝首をかかれるかわからない。

どちらにも危険はある。可能性をいくつも考えるものの、まだ茉菜は、明確な答えを見つけられていなかった。

「……ん？」

あと五分も歩けばアパートというところで、茉菜は振り返った。さっきから、誰かに付けられている気がする。

雨も降っていて、気配や音も不確かだ。でも……。

茉菜は少し足を速めた。音は近づくことも遠ざかることもなく、一定の距離を保っていた。

もしかしたら和希が、朋絵と会うことを異性と疑って付けて来たのか……。以前の彼ならそれくらいやりかねない。

茉菜は角を曲がり、再び最寄り駅の方へ走った。足元の雨水を撥《は》ね上げながら、必死に走った。息が苦しい。酔った身体にはキツイ。

後ろを振り返る余裕などないまま、茉菜は駅前のコンビニに入った。「いらっしゃいませー」の声に、ホッとした。

店内には他に三名ほどの客がいる。茉菜は雑誌のコーナーから外を見た。和希らしき人の姿はなかった。

大きく深呼吸をする。夜道を歩くときは必要以上に後ろを警戒し、気にしすぎだったということは珍しくない。だが気になる。

しばらく雑誌を眺め、茉菜は追ってきている人がいないかをもう一度確認してから、ミネラルウォーターを一本買って店を出た。

歩いて帰る気にはなれず、金銭的には厳しいがタクシーに乗った。茉菜の部屋の電気はついていない。やっぱり和希は不在だ。

茉菜は鍵を回しドアを開けた。

「うわっ！」

真っ暗な玄関で和希の声がした。

「お帰り、どうしたの？」

「どうしたの？　は、こっちのセリフです。何で電気を――」

和希は裸だった。風呂から上がったばかりだというのは、濡《ぬ》れた髪を見れば一目瞭然だ。

「風呂に入っている間、誰もいない部屋の電気を点《つ》けておくのはもったいないかと思って……」

タオルで腰の部分を隠しながら、和希は後ずさりをする。

茉菜は台所と部屋の間のドアを閉めて、和希の着替えを待った。

「夕食はどこへ行ったんですか？」

「え、何？」

「夕食です」

ドア一枚分、声を大きくすると、和希は「家にいたよ」と言った。

「雨が降っていたから、外になんか出てないよ」

その言葉を聞きながら、茉菜は玄関にある濡れた傘を見ていた。

今日、茉菜が買った傘ではない。もともとこの家に置いてあった傘だ。濡れた状態で、玄関に立てかけてあった。

和希は嘘を言っている。

茉菜は生ゴミ用とプラスチック類用のゴミ箱を開けた。今日は燃えるゴミの日だった。朝食に使っただろう卵の殻以外は何も入っていなかった。テイクアウト用のプラスチック容器なども なかった。

茉菜がコンビニにいたのは十五分くらい。和希がその間に帰宅し、濡れた衣服をごまかすためにシャワーを浴びることは……走れば可能だ。

「お待たせ」

和希はタオルで頭を拭きながらドアを開けた。なぜか顔が怖い。怒っていた。

「あの……？」

「駅に着いたら連絡してって言ったよね？」

「今までもずっと一人で帰っていたので」

「そう言って、変な男に付きまとわれ……まあ、俺もその一人か」

だよなあ、俺に頼れって言っても無理か、と自分を納得させるように呟いていた。

外出したかが嘘か本当かはたいした話ではない。ただ、嘘をついているならその理由が気になる。

――何か、隠している。

茉菜はもう一度、濡れた傘を見た。


茉菜が和希と同居生活を始めて三週間が過ぎた。

一緒に過ごせば過ごすほど、鈴倉和希という人間がわからなくなっていく。

家事負担は和希の方が多い。自分の方が時間があるからそれで良いと言う。明るくてよく笑う。お笑い番組が好きらしいが、ドラマも見る。でもそれ以上に本をよく読んでいる。タバコは吸わない。缶ビールを飲むことはあるが、深酒はしない。酔うとさらに陽気になるくらいだ。寝つきは良く、寝起きも良い。クリスマスには茉菜が仕事から帰ると、ケーキとチキンを用意してくれていた。

困っているところがあるとすれば、忘れっぽいことだろうか。テレビやエアコンのリモコンなども、あちこちに置いてよく探している。とはいえ忘れっぽいことに関しては、さほど気にならない。もしかしたら、少なからず事故の後遺症もあるのかもしれない。

日常に大きな不満がないからこそ、茉菜は困っていた。

和希が記憶を取り戻したら——この日常は消える。そればかりか、これまで茉菜が築いてきた五年間も消えてしまうだろう。

「どうしよ……」

「家の鍵でも忘れた？」

「あ……」

「今日は早かったんだね」

アパートの入り口の外で、和希が茉菜の後ろに立っていた。和希も外出していたらしい。

「今日は定時で上がれたので」

「深刻そうな顔をしてどうしたの？」

「いいえ、別に……どこに行っていたんですか？」

「見ての通り買い物」

和希が右手に持っていたビニール袋を胸の位置まで持ち上げる。袋から長ネギが飛び出していた。

こんな時間に買い物？　すでに十九時半を過ぎている。

家の中に入ると、和希は冷蔵庫に食材を詰めながら言った。

「実は最近、ちょっと良い感じの喫茶店を見つけて、本を読んでいたんだ。犯人がわかりそうなところだったから読むのを止《や》められなくて」

「喫茶店ってどこですか？」

「商店街の中にある、Ｌａｒｇｏって店。知ってる？」

「いいえ」

茉菜が商店街を利用することはあまりない。時間的に、仕事帰りではほとんどの店が閉まっているからだ。

「まあ、最近できたばかりの感じだから知らないのも無理ないかな。会計のときに次回使える割引クーポンをくれるから、ついまた行っちゃうんだよ。あ、そこのおすすめは、マスターこだわりのブレンド。まだ全メニューを制覇したわけじゃないけど」

和希の口調がいつもより説明じみているように感じるのは気のせいだろうか。訊いていないことまで話している。

「今日はずっと、そのお店に行っていたんですか？」

「ずっとじゃないよ。昼メシは家で食べたし。十四時くらいからかな」

「それは、ここ最近毎日ですか？」

詰め寄った茉菜に、和希はゴメン、と頭を下げる。気まずそうに少し目を泳がせていた。

「実はこの前の夜も、その店に行っていたんだ。仕事もせずに喫茶店に入り浸っているなんて言ったら怒られるかと思って言いだせなかった。専業主婦の一か月の小遣いの平均額から考えると、毎日喫茶店は贅沢《ぜいたく》でしょ」

和希は主婦向けの雑誌も読むのだろうか。それとも、もともと妻に対してそういう考え方を持っていたのだろうか。

もっとも茉菜はそんなことは気にしない。が、黙ってしまったことを怒ったと勘違いしたらしい和希はうかがうような視線で茉菜を見ていた。

「自分のお金ですから、和希さんがどう使うかは自由です」

「……怒ってる？」

「怒ってなんかいませんよ」

喫茶店で読書をしているだけならそれで良い。ただ、本当に店にいるのかは気になる。もしかして、一部であっても記憶が戻っているとしたら……そう考えると、茉菜は落ち着かない。

——商店街の中の喫茶店、Ｌａｒｇｏ。

茉菜は忘れないように、記憶に店名を刻んだ。

和希は毎日のようにＬａｒｇｏに行っている、らしい。らしいというのは、年末で茉菜が仕事に追われているせいで、すぐに確認に行けないからだ。最近は終電近くまで仕事をしているため、夕食も別々だ。帰宅が遅くなることを伝えると、和希は「じゃあ、簡単なもので済ませるか」と、やっぱり主婦のようなことを言っていた。

当然、茉菜が帰宅する時間には、和希は家にいる。日中何をしていたか訊《たず》ねると、だいたい「家事」「読書」「動画」といった答えが返ってきた。茉菜の本棚には、少し前に話題になったタイトルの本が増えている。傷み具合を見ると、どうやら古本を購入しているらしい。

初日に生活費としてお金を出したとき、和希は「悪事を働いて得た金じゃない」と言っていた。普段の生活を見ていると、金遣いが荒いようには思えない。もちろん茉菜の仕事中に何をしているかはわからないが、堅実な使い方に見える。いったい、どうやってお金を得たのか……。細かいことを訊いても、忘れたと言われてしまえばそれまでだ。

久しぶりに仕事を早く上がれた茉菜は、急いで家に帰った。それでも十九時は過ぎている。

茉菜の部屋の窓は暗い。入浴中だろうか。それともまだ外出中だろうか。

Ｌａｒｇｏが何時まで営業している店なのかわからないが、帰っていなければ行ってみようか。そんなことを考えながら、家のドアを開ける。

中はシン……としていた。入浴中でもなかった。

スマホでＬａｒｇｏの営業時間を調べていると、玄関のドアが開いた。

「あれ？　今日はもう帰っていたんだ」

和希が茉菜を見て、少し驚いていた。

「連絡しなくてごめんなさい」

「そんなことは良いけど、夕飯、パスタで良い？　今日も遅いかと思って、簡単に済ませるつもりだったから——っと、そうだ。ハイこれ」

和希が封筒を差し出した。

「……これは？」

「うちのポストに入ってた」

白い長方形の封筒の表には、茉菜の名前が書いてある。だが、差出人の名はどこにもない。何より――。

「これ、いつ届きました？」

「さあ？　今日は午前中から出ていたから、いつ配達されたかまでわからないよ。郵便受けに入っていたのを持ってきただけだから」

――嘘！　と、叫びそうになったのを、何とかこらえた。

茉菜は今さっき帰ってきたときに郵便受けを見ている。この区域で普通郵便が夜の七時以降に配達されることはありえない。あて先は確かにこのアパートで、茉菜の名前が書かれている。ただし、すべて印刷された文字のため、筆跡で差出人を特定することはできなかった。

「……本当に今、取って来たんですか？」

「そうだけど？」

和希の様子はいつもと変わらない。

着替えてくると言って、茉菜は台所と居間の間のドアを閉めた。

封筒の中に入っていたのは仕事で使うようなコピー用紙だ。紙の中央にたった一行、短い文章が書いてあった。

背筋がゾクッとした。茉菜はドア越しに台所の方を見た。

差出人は何を考えているのか？　目的は？

茉菜はその場に座り込んだ。

「……あれ？」

手紙の方に目を奪われていたが、よく見ると封筒が少しおかしい。パッと見た感じでは一般的な手紙と同じだ。切手が貼《は》ってあり、仙台の消印も押されている。だがかすれ気味の消印に目を凝らすと、一昨日や昨日の日づけでないことがわかる。封筒の張り合わせも少し歪《ゆが》んでいた。

どうやらこの封筒は、一度使ったものを使いまわしてある。つまり今日配達されたものでも、郵便を使って届けられたものでもないということだ。となると……。

「茉菜ー」

台所の和希が呼んでいた。

「は、はい？」

「俺、今日はカルボナーラのつもりで、生クリームとチーズを買ってきたんだけど、それで良い？」

ドアを開けた和希が、顔を覗かせた。

「茉菜は牛乳アレルギーじゃないよね？　それともカルボナーラは嫌い？」

「いえ……好きです」

「良かった。じゃあ、久しぶりに一緒に食べよう。疲れているだろうけど、早く着替えなよ」

はい、といって茉菜はもう一度ドアを閉めた。

台所からガスコンロを点火する音が聞こえる。パスタ用のお湯を沸かし始めたのだろう。

茉菜は再び手紙に目を落とした。

――鈴倉茉菜の過去を知っている。

差出人の心当たりは一人しかいない。茉菜は台所から聞こえてくる音に耳をすませながら、ジッと手紙を見つめていた。

いつも通りの時間にアパートを出た茉菜は、行ってきますと言いながら、会社には向かわなかった。

会社には体調不良で休むと伝えた。後ろめたさはあったが、こんなモヤモヤを抱えたまま和希と一緒に生活するのは難しい。

和希の言葉通りなら、たいてい午前中は家にいることになる。ただ、時間が固定されているわけではなく、午前から出ることもあるようだ。

Ｌａｒｇｏという喫茶店は確かに商店街の中に存在していた。営業時間は九時から十九時まで。口コミサイトを見ると、ランチタイムが一番混むらしく、長居するなら十四時過ぎが良いらしい。そして会計時に次回使える割引クーポンがもらえる、とあった。

和希が言っていたことと合っている。とはいえ、和希もこのサイトを見ている可能性もあるし、一、二度利用した経験だけをもとに話している可能性もある。

茉菜は駅近くのファストフード店にいた。この店からは、駅や商店街へ行くときに必ず通らなければならない道が見える。和希が外出すれば間違いなくここを通る。店員の視線を感じながら、茉菜はジッと外を見続けた。

動きがあったのは、茉菜が見張りを始めてから、五時間くらい経《た》ったころだった。

朝と同じ服装の和希が、小さなカバンを持って商店街の方へ歩いている。茉菜は急いで店を出て、和希のあとを追った。

尾行など経験がない茉菜は、和希との距離に悩む。仕事柄、衣服の特徴を覚えるのは得意だが、和希の着ている服はどこにでもある色と形で、目印になりにくい。少しでも気を抜くと、見失ってしまう。だからといって、近づきすぎて気づかれては意味がない。できるだけ距離を取るしかなかった。

商店街に近づくと、入り口付近で小さなイベントが行われていた。いつもより人が集まっている。

「すみません、ちょっと通してください」

スピーカーから聞こえる音が、茉菜の声を消してしまう。

叫ぶこともできない茉菜が通行に手間取っている間に、和希の姿がどんどん遠くなる。人だかりを抜けたときには、和希を見失っていた。

「失敗した……！」

時刻を確認する。十四時になろうとしていた。

あとを追うことはできなかったが、和希の説明通りなら、Ｌａｒｇｏにいるはずだ。店の場所はわかっている。とりあえず、Ｌａｒｇｏの近くまで行ってみるしかない、と茉菜が思ったとき、商店街の別の店から和希が出てきた。

茉菜は慌てて、すぐそばの八百屋で果物を見ているフリをした。チラチラと和希の姿を確認する。どうやら茉菜には気づいていないらしい。迷いのない足取りでさらに歩いていく。

和希が出てきたのは古本屋だった。和希はそこから、四十メートルほど離れた場所にあるＬａｒｇｏに入っていった。

茉菜は少し離れた場所から、中の様子を窺《うかが》った。

そこが定位置なのか、和希はすぐに窓際の席に座る。メニューを見ずにカウンターの中にいる店員に何かを伝えると、買ったばかりの本を開いた。

「本当だったんだ……」

和希は嘘をついていない。茉菜は胸をなでおろした。だがまだ、手紙についてはわからないことだらけだ。

指紋を調べたらわかるかもしれないが、茉菜にはそんな伝手《つて》はないし、そもそもあの手紙は、和希からうけとったのだ。和希の指紋が付いていて当然だ。

コーヒーを飲み終えたらしい和希は、本ではなくスマホを見始めた。

「――帰ろうかな」

少なくとも和希の居場所は確定したし、この場所にいて手紙のことがわかるわけでもない。どうやって調べるか……。

そのとき突然、和希がスマホを見ながら店から出てきた。

「――どういうこと？」

知り合いに呼び出されたのだろうか？　と思ったが、和希は仙台から出て来たばかりのはずだ。昔の友人が東京にいても不思議ではないが、記憶のない和希が連絡を取っているとは考えにくい。知人が上京してきたということはあるかもしれないが、それならＬａｒｇｏで待ち合わせればいい。

茉菜は再び和希のあとを追った。

もう少しで商店街を抜けそうになったとき、和希が立ち止まる。近くに待ち合わせをしているような人はいない。

「――えっ？」

反射的に茉菜は口元を押さえた。

一人の男性警察官が和希に近づいている。

職務質問でもされるのかと思った。だが、すぐにそうではないことがわかった。周囲が騒がしいのと、距離があって会話は聞こえないが、和希が質問し、警察官が短い言葉で答えていたからだ。何より和希の表情が茉菜に見せるものと違う。感情を隠すことなく、不機嫌そうな様子が見てとれる。

何か相談をしているのだろうか。

もしかして——記憶が、戻った……？

◆◆◆

「オマエなんか、産まなきゃよかったよ！」

お母さんが真っ赤な顔で叫んでいた。

また殴られる、そう思ったら玄関のドアが開いて、隣の松木《まつき》さんがやってきた。松木さんはお母さんの「同僚」って人らしい。このアパートはみんな同じ仕事をしている人が住んでいるから、私もみんなの顔はわかる。

アパートは隣の部屋の話し声も聞こえる。でも私のことを心配してくれるのは松木さんだけだった。

私を見て、松木さんはちょっとニコッとする。松木さんが笑ってくれると、ドキドキしていた胸は静かになった。

お母さんは松木さんを見てから、またお酒を飲んだ。

「まったく、ガキなんか産まなきゃよかったよ」

お母さんの目が怖い。いつも怖いけど、酔っぱらっているときはもっと怖い。

「オマエがいなければ、アタシはもっと自由だったのにさ。なんで産んじゃったのかね。子どもなんてうざったいだけだよ」

お母さんが私を叩く。バシッと音がしたかと思うと、右の頬がじんっと熱くなって泣いてしまった。

「ちょっと、やめなよ」

松木さんが、私とお母さんの間に入った。

「アタシのガキなんだから、アタシがどう扱ってもいいだろ。ああもう、うるさいね。泣くんじゃない！」

お母さんは「うるさいね！」と大声で騒いでいる。私が大きな声を出すと「静かにしてな」と言うのに、お母さんは許されるらしい。

大人になると、いろいろ許されるのかと思ったけど、この前松木さんにこっそり訊いたら「そんなわけないでしょ」って困ったような顔をしながら笑われたから、許されるのはお母さんだけみたいだ。

「叩いて子どもが泣き止むわけないでしょ。仕事までまだ時間あるから、私の部屋に連れてくよ」

「好きにしな」

シッシッと野良猫を追い払うように、お母さんは軽く手を振っていた。

「行こうか」

松木さんが私に手を向ける。松木さんは私を殴らない。ときには頭をなでてくれることもある。だから、本当は松木さんと一緒に暮らしたいけど、一度だけ私が頼んだら、凄く困った顔をしたから、それは言ってはいけないことだとわかった。

隣だから、松木さんの部屋にはすぐに着く。中はまったく同じ造りだけど、松木さんの部屋の方がずっと奇麗《きれい》に片づいている。でも、どんなに片づけても、古いのはかわらない。「築四十年だからね」は松木さんの口癖だ。

「お母さん、今日も怒ってたね。昨日も。昨日の昨日もだけど」

「昨日の昨日は一昨日って言うんだよって、この前教えたよね？」

「あ、そうだった。一昨日もだ」

「アンタは賢い子だねえ」

「松木さんが勉強教えてくれるから」

「じゃあ今日もお勉強する？」

「うん！」

私は松木さんの部屋の本棚からノートと本を持ってきた。二か月前、こうして勉強を教えてもらうようになったころ、松木さんが私のために用意してくれたものだ。

「勉強が好きなんて、変わった子だねえ」

「松木さんは、嫌いだったの？」

「んー……嫌いとまではいかないけど、好きではなかったかな。わりと得意な方だったから、大学まで行ったけど」

「大学……って、小学校に行かないとダメだよね？」

私がつぶやくと、松木さんはまた頭をなでてくれた。

「ダメって言うか、入れないだろうね。まあ大学行って、就職して、まっとうな人生を歩いていたつもりでも、いつどこで道を踏み外すかわからないけどね。男で失敗するのは、アンタのお母さんだけじゃないから」

「ねえ、まっとうな人生ってなに？　それって私にもできること？」

松木さんは少し悲しそうに「言葉としては、できるというよりも、歩めるという方が正しいかな」と言った。

最初に松木さんに会ったとき、私は「何年生？」と訊かれた。でも質問の意味がわからなかったから黙っていた。次に何歳？　と訊かれたから「八歳」と答えた。「学校は？」と訊かれたから「学校？」と訊き返した。

小学校も幼稚園も保育園も、初めて聞いた言葉だった。公園は知っているけど、友達はいない。お兄ちゃんもお姉ちゃんも、弟も妹もいない。いつも一人で遊んでいた。

でも、お母さんが男の人を連れてくると、私は部屋の外へ出された。

そんなとき松木さんと会って、私は平日の昼間に、勉強を教えてもらうようになった。勉強だけじゃない。挨拶も、箸の持ち方も、バスの乗り方も、松木さんが教えてくれた。たまに服もくれた。「お古だよ」と言っていたけど、それでも全然いい。

本物のお母さんよりも、松木さんの方がお母さんみたいだ。どうしてそんなにしてくれるのかと訊いたら、やっぱり悲しそうな顔をした。

隣からガラスが割れる音がした。

「あーあ、またグラス投げたかな。物は投げちゃダメなのに、困ったお母さんだねえ」

「うん。困ったお母さん。でも私に投げるより良いよ。痛くないから」

感情がこもっていなかったのがバレたのか、松木さんは笑った。

「アンタにとっては、慣れっこだものねえ。わかってやらなくて良いけど、お母さん、ちょっと嫌なことがあったんだよ。仕事も大変だし」

「じゃあお母さん、いつも嫌なことばかりなんだね」

「アハハハ！　上手いこと言うね。そうそう、いつも嫌なことばかりなの。怒ってばかりだよね」

松木さんは手を叩きながら笑っていた。

「でもお母さんが怒ってばかりなのは、男の人のせいなんでしょう?」

「あー……うん、まあ……あの人は、愛することが下手……だから」

松木さんはゴニョゴニョ言っているけど、隠さなくてもわかる。お母さんが言っているから。わからない単語はあるけど、それを松木さんに質問したら「十五歳になるまで知らなくて良いこと」と言っていた。ただそのあとに、悲しそうな顔で「きっと、もっと早く知っちゃうんだろうけどね」とも言っていた。

松木さんはよく「考えることが大切だよ」と言う。勉強もその一つらしい。でも「男女のこと」は早く知らなくていいらしい。だから、それ以上は訊かないでおいた。

国語の問題を解いていると、松木さんは「本当は学校に通えるようにした方が良いんだろうけど」とつぶやいた。

「私も学校行けるの?」

松木さんは困った顔をした。

「どうかなあ……アンタのお母さんはあんな感じだし、私も、もう誰かのために動く気力がないからね」

ごめんね、と松木さんが謝る。

暖かい場所とご飯をくれて、勉強も教えてくれる。寝ていたら布団をかけてくれる松木さんが、どうして謝るんだろう。

わからないから考えるしかない。考えることは大切だと教えてもらったから。

「ねえ、松木さん」

「ん?」

「この意味わかんない」

私が指をさすと、松木さんは本を覗き込む。

「ああ、音読みと訓読みね。一つの漢字でも、読み方がいろいろあるってこと。たとえばこの文章で、同じ漢字を二回使っているよね。何て読む?」

「えっと、こっちは〝あさ〟で、こっちは〝ちょうしょく〟。そっか、どっちも〝朝〟って書いてあるけど、読み方違うね」

「そういうこと」

「どうして同じなのに違うの?」

「ええと、音読みは中国で読まれていた読み方で、訓読みは日本の読みを漢字に当てはめたんだって。そういえば昔、習ったかな。まあ普段意識して、こっちは音読み、こっちは訓読み、なんて考えないから覚えにくいよね」

「〝朝〟以外の漢字にもあるの？」

「もちろん。音読みしかない漢字もあるけど、よく使うものは、だいたいどっちもあると思うよ。たとえば……」

松木さんはノートに〝愛〟と書いた。

「この漢字にも、いろいろな読み方があるね。音読みだとアイだけど、訓読みだといとしいとか、ういとか、めでるとか」

「……そうなんだ」

隣の部屋からまた、ガシャンと音がした。私と松木さんは顔を見合わせた。

お母さんは何か叫んでいる。バカヤローとかそういう感じのことだ。

「今日は一段と荒れているみたいね」

松木さんがため息をついた。

私は部屋の中を想像した。きっと床は割れたガラスだらけだ。掃除するとき、私は何度も指を切ったことがある。でも掃除しないと、指を切る以上に痛い思いをする。

あんな場所に帰りたくない。でも松木さんの部屋にずっとはいられない。私にはあそこしか帰る場所はない。

「ねえ松木さん」

「何？」

「お母さんの愛はどこにあるのかな？」

「あ……うーん……わかりにくいけど、きっとどこかにあるんじゃ……」

松木さんはやっぱりゴニョゴニョと言っていて、ちゃんと答えてくれない。

でも私は知ってる。だってお母さんとはもう、八年も一緒にいるんだから。

私はノートの文字を指さした。

「私、愛なんて嫌い」

松木さんはこのときもやっぱり、悲しそうな顔をした。

第二章

年が明けてから和希は仕事を始めた。最近は怪我をした足の調子も良いのか、前より痛むことが少ないようだ。勤務時間はシフト制で週に五日間働く。仕事内容はビルの警備だという。そのこともあって茉菜と生活サイクルがズレている。茉菜が目覚める時間には、和希はすでに出勤し、茉菜が仕事から帰宅したときには、和希はもう寝る時間になるからだ。

気になることは本人に訊《き》くか、もう一度あとを付けて確かめる必要があるが、和希が警察官と話していたのを見ていたことを、本人に知られるわけにはいかない。だからまたあとを付けるしかないが、茉菜もそうそう仕事を休んではいられなかった。だったらまた和希の持ち物を探そう、という考えに至るまでに、時間はかからなかった。

とはいえ、普段は茉菜が仕事を終えて帰宅すると和希は家にいる。そうなると朝の時間だけになるが、ここ最近は欠勤者の代わりで昼のシフトになっており、朝も茉菜とほとんど同じ時間に家を出ることが多かった。職場の位置や退勤時間を考えると、どうしても和希の帰宅の方が早い。

しばらく難しそうだと諦めていたが、意外と早くそのときが来た。

『今日、帰りが遅くなるから、夕飯一人でお願い』

午後の一時になろうとしていた。茉菜の昼休みは一時までだ。急いで返信する。

『了解しました。飲み会ですか？』

『うん。今日はシフトが良かったから』

何度か同僚に誘われていると、話には聞いていた。面倒だからと断っているようだったが、ついに断り切れなくなったのだろう。

渋々といった様子が目に浮かぶが、茉菜にとっては渡りに船だった。

承知いたしした！　という、侍風のイラスト付きのメッセージが返ってきて、そこでやり取りは終わった。

スマホをしまった茉菜は、急いで頭の中で計算する。

和希の仕事が終わるのは午後五時。そこから飲み会となると、スタートは六時前後になるだろう。早く終わっても店を出るのが八時として、アパートに着くのは八時半過ぎ。茉菜が急いで会社を出れば、七時ごろには帰宅できる。つまり一時間半は一人の時間ができることになる。

その一時間半で何をするか。

最近、和希がタブレットを使っていたことがあったから、中を調べてみようと試みたが、暗証番号がわからずに断念した。

他に見るとすれば、部屋にはノートパソコンがある。茉菜が買ったものだが、仕事がらみのことは会社のパソコンを使うし、個人的に興味のあることは、ほとんどスマホでこと足りる。

そんな状態だから、好きなように使ってと和希に言ってある。だが、共有のパソコンに見られて困るものを残している可能性は少ないだろう。

「あー……ヤバいわ」

文字通り頭を抱えながら、谷村が自分のデスクに戻ってきた。昼ご飯を食べている最中にどこからか電話がかかってきて、離席したままだった。あと五分もしないうちに昼休みが終わる。

谷村のげっそりとした表情を見れば、茉菜は何があったのかピンときた。

「もしかして……」

「うん……マズい」

スケジュール管理ソフトを確認しながら、谷村がため息を繰り返す。

勤務中に谷村にかかってくる私用電話の九割は、保育園からだ。まだ一歳の子どもは、保育園で感染症が流行《はや》るごとに、新しい病気をもらってくる。

そのたびに谷村は、心配と困惑がないまぜになった表情をしていた。以前、会社のランチ会のとき「仕事も育児も中途半端になっている。毎朝今日は元気か、今日はお迎えコールがこないか、そんなことばかり気にしちゃって」と、泣きだしていた。

「鈴倉さん、悪いんだけど……」

名前を呼ばれる前に、すでに何を頼まれるかわかっていた。わかっていたが、茉菜からは言い出せなかった。谷村の仕事を引き受ければ、その分自分の仕事が滞る。当然、早く帰るのは難しくなるからだ。しかし——茉菜は拳《こぶし》をギュッと握った。

谷村には入社のころから面倒を見てもらっているし、穂高とのトラブルがなければ茉菜もかかわっていた仕事だ。

「私にできることなら」

「ゴメンなさい。本当にゴメンなさい。午後からのこと、私から伝えておくから、詳しい話は上から聞いて」

話している間も谷村の手が休まることはない。引き継ぐ仕事の段取りをし、慌ただしく社内を行き来していたかと思うと、二十五分後にはもう姿が消えていた。

あのパワーは、どこから来るのだろう。

家のことも、子どものことも、自分のことも。もちろん仕事もしている。一つ一つのすべてが完ぺきにはこなせていない日もあるかもしれない。それでも谷村は、全力でできることをしている。子どもの話をするときは、愛《いと》おしく思っているのが茉菜にも伝わってくる。

世の中には、そんな母親もいるのだと知っていても、ネットや本の世界と、目の当たりにするのとでは違う。尊敬の気持ちとともに、胸の奥でチリチリとした痛みを感じた。

茉菜にはそれが何か、心当たりがないわけではない。でも、気づかないフリ以外、やり過ごす方法は知らなかった。

「鈴倉さん」

来ると思っていた茉菜は、椅子を回転させて身体《からだ》の向きを変えた。

「はい、テナントの件ですよね？」

上司は茉菜に資料を手渡しながら「ごめんなさいね」と謝った。

「前回外したのに、また担当させることになってしまって」

「いえ、あれは私のせいですから」

「鈴倉さんのせいじゃないわよ。まあでも、今回はあの人のいる場所ではないから安心して」

あの人、とは穂高のことだ。穂高の会社とは完全に縁が切れた。あれ以来、一度も茉菜の前に姿を現さないし、連絡してくることもない。

直営店を出すための契約は、他のビルとすでに交わしている。これからは、実際に店をどういう形にして売り出していくかを詰めていく。短期的なことはもちろん、客の反応を直接知ることで、中・長期的にはデザインの幅を広げる可能性もあると言われている。考えなければならないことは山のようにあった。

「通販と直営店では、客層も違うんでしょうか」

「今のところ扱う商品は同じだから、年代という意味では変わらないけど、まったく同じではないかもしれないわね。まあ、新規の顧客が増えてくれればありがたいけど……今は手ごろな価格の洋服も多いし、厳しい戦いになるでしょうね。とはいえ、守ってばかりでは現状維持もできないから、攻めていかないと」

ですよね、と答えながら、茉菜は予定が狂ったことに落胆していた。

打ち合わせは午後四時すぎには終わった。谷村の代わりということで上司についてきたが、茉菜がしたことといえば、資料の配布や商品サンプルを広げて見せることくらいだった。谷村ならもっと動けただろうし、その分今回は上司が孤軍奮闘することになった。

エレベーターで十二階のオフィスから、一階のエントランスホールについたとき、ガラス越しに入る光は弱く、強い湿気を感じた。バケツをひっくり返したような雨が、アスファルトから跳ね返るほど、強く打ちつけていた。

「あー、雨降ってきちゃった。鈴倉さん傘ある？」

「いえ、今朝は天気予報をチェックし損ねて。降る予報だったんですね」

ビルに入ったときは青空が広がっていたが、数十分の間に天気が急変していた。

「すぐに弱くなってくれると良いんだけど……」

空は黒い雲に埋め尽くされている。しばらくは難しいだろう。

今外に出れば、傘があってもずぶ濡《ぬ》れは避けられない。出入り口からは、全身ビショビショの姿で、次々とビルの中に人が飛び込んで来ていた。

外を眺めながら、茉菜は上司と雨が弱まるのを待つことにした。

「それにしても、今日は何時に上がれるかしらね。このまま直帰できたら嬉《うれ》しいんだけど、明日までに決着つけないといけない仕事もあるし」

「すみません、役立たずで……」

「何言ってんの。こっちは役職がついているし、鈴倉さんはまだ二年目でしょ。頑張ってるわよ」

「でも……」

「今日は突然の代役なんだから気にしないで。今後、誰の代わりをするかわからないから、いろいろ話を聞いて、仕事を覚えていけばいいんだから」

はい、と答えながらも、茉菜は今日以外のことも気になっていた。

デザイナーとして雇ってもらっているが、茉菜が一から手掛けたものはまだ少ない。仕事は前のシーズンで好評だった商品の一部を変える作業か、他の人の手伝いが多くを占めている。もちろん新しいデザイン案も出すが、なかなか採用されなかった。

「ようやく、シーズンを全部経験し終わって、ある意味今が一年目でしょう。焦らないの」

「そうですけど……私、この仕事を辞めたくないので」

「急にどうしたの？　鈴倉さんに……というか、会社にリストラ話なんてないわよ？

いったいどこから、辞めるなんて話になるのよ」

茉菜は朋絵のことを思い出していた。朋絵は海外のデザイナーとの仕事を、雑用係みたいな感じと言っていたがそうではなかった。さっき偶然、朋絵の会社とも仕事をしている人に会って、それを知った。朋絵は茉菜と同じく二年目だが、かなり戦力になっていたらしい。だから退社することが決まって惜しいと言っていた。

会社も違う。業務も違う。比べる意味はない。そう思っていても、茉菜に焦る気持ちがないといったら嘘《うそ》になる。

何より、茉菜はこの仕事を手にするために、命懸けでここまできた。手放したくない。役立たずと言われたくない。もっと自分が胸を張って仕事をしていると思えるようになりたかった。

上司がポンと茉菜の肩に手を置いた。

「うちは鈴倉さんの年代が着る服でもないし、すぐにあれもこれもは難しいわよ。さっきも言ったけど焦らないで。経験はどれも無駄にならな……わっ！」

突然上司が叫んだ。その声は良く響いた。周囲を歩いていた見知らぬ人たちの視線が痛い。だが上司は、そんなことはまったく眼中にない様子でカバンの中をあさり始めた。

「やっぱり、忘れていたわ」

カバンから出したのは、先方に渡すはずの書類だ。

「これ、届けてくるわね。私が下りてくる前に雨が弱くなったら、待たずに会社に戻っていいから」

「わかりました」

上司はエレベーターの方へ走り出した。

手持ち無沙汰になった茉菜は、カバンからスマホを取り出して雨雲情報を見る。予報通りであれば、今しばらくはこの状態が続くらしい。

スマホから顔をあげたとき、茉菜の上司と入れ替わるように、エレベーターの方から見知った姿が横切った。電気が走ったように、茉菜の全身がビクッとした。

スマホで顔を隠しつつ、画面の横から相手を窺《うかが》い見る。

和希だ。ビル警備のアルバイトをしているのだから、いても不思議ではない。だが制服姿ではなかった。朝出ていったときと同じ服を着ていた。

何か理由があって、勤務を終えたのかもしれないが、今日の仕事は五時までで、そのあとは飲み会のはずだ。急に変更になったのだろうか……。

「オイ、一人で先に行くなって」

和希の後ろから、同じくらいの年齢の男が追いかけていく。デニムのパンツにショート丈のコート、足元はスニーカーで、全体的にカジュアルな格好《かっこう》をしていた。

――どこかで見たことがあるような……。

頭を悩ませていると、和希とその男が出口付近にいる茉菜の方に近づいてきた。

茉菜は二人に背を向けて、電話をしているかのように耳にスマホを当てた。

「オマエって、単独行動が好きだよなあ。止《と》めたってきかないし」

「止めてくれなんて、頼んでないよ」

「そうはいうけど、けっこうピリピリしてるだろ。全身の毛を逆立てた猫みたいに、ウキャー、って感じで」

「猫は、ウキャーなんて言わないよ」

「たとえだよ、たとえ。ウキャーでも、ウキーでも、フギャーでも良いけど、雰囲気が違ったって言いたいんだよ」

声は更に近づいてくるが、茉菜は振り向くことができない。身体中の全神経を集めて聞き耳を立てた。

「いきなり呼び出す人がいたからじゃないか？」

茉菜は、あっ、と声を出しそうになった。が、何とかそれを飲み込んだ。

思い出した。和希の隣にいる男は、先日商店街で見た警察官だ。制服を着ていないからすぐには気づかなかったが間違いない。

「いきなりって言うけど、オマエが俺の連絡をスルーするからだろ。まったく、いくら連絡しても全然返信してくれないんだから」

「大げさな。一、二回既読スルーしただけで」

「用があるって言っただろ」

「もったいつけないで、その用とやらを先に連絡してくれれば、俺だって返事をしたよ」

「オマエの驚いた顔がこの目で見たかったんだよ」

二人の会話の距離感から、親しい感じがする。少なくとも、最近東京に来てから知り合った間柄には思えなかった。

警察官と友人？

友人が警察官になる、ことはあってもおかしくはない。ただ、記憶を失う前の和希は、決して素行が良かったとは言えなかった。喧嘩《けんか》も珍しくなく、飲酒運転にも、罪悪感を抱くような人ではなかった。

――記憶を失ったあとに知り合った人？

「それにしてもオマエ、本当はどうなっているんだ？」

「一言で説明するのは難しいな」

話しながら二人は茉菜の後ろを通り過ぎていく。そのまま、外へ行くかと思っていると出口のところで足を止めた。

「じゃあこれからたっぷり聞かせ……あー、これはダメだな。しばらく待つか？」

「俺は傘あるけど？」

「傘なんかあっても、この雨じゃ濡れるだろ。しばらく待とう。二階にコーヒーショップがあったよな」

「他の店に行く予定じゃなかったのか？」

「別にどこだっていいよ。コーヒーなんて」

「よくないだろ。少し待てば弱まるだろうから焦るな」

「コーヒーにこだわるねえ。じゃあ少し待ってみて、変化ナシなら二階の店にするぞ」

和希の返事を待たずに、連れの男は踵《きびす》を返して近づいてきた。

どうやら茉菜と同じように、外の様子を見ながら天気の回復を待つらしい。

似たような人は周囲にたくさんいて、まだ茉菜には気づいてなさそうだが、ここにい続けるとバレるのは時間の問題だ。

もちろん見つかったところで、茉菜がここにいるのは仕事なのだから、何も問題はない。だが、和希が同僚と飲み会と言っていたのは嘘だった。先日の警官と会うためだったことを、知らないことにしておきたい。

茉菜は和希に見つからないように出口へ向かう。

まだ雨は激しく降り続いている。それでも茉菜は構わず外に出る。視界を遮るほどの雨は、茉菜の姿も消してくれる。

和希はあの人のことを覚えている。問題は記憶を失う前の知り合いか、失ったあとの知り合いか。

茉菜に語っていることのどこまでが本当かを疑い出せばキリがない。今の和希に限ってと、信じたい気持ちもあるし、今は信じている気持ちの方が大きい。

ずぶ濡れになりながら、茉菜は駅へと向かった。

ピピピピ、と電子音が鳴った。茉菜は脇の下から体温計を取り出した。

「熱、少しは下がった？」

片耳だけはめていたイヤホンを外し、タブレットから顔を上げた和希は、貸してと右手を出していた。

「下がりました」

茉菜が体温計をケースにしまおうとすると、先に奪われた。

「過少申告する人の言葉は信用しない」

昨日、雨に濡れた茉菜は、会社に戻ってしばらくすると、喉の奥が痛くなった。昨夜はまだ熱もなく咳《せき》もしていなかったが、今朝起きたときには、全身がだるく節々が痛くなっていた。喉は唾を飲み込もうとするだけでヒリヒリとした。

それでも、茉菜は会社へ行こうとした。今日出勤すれば、明日は土曜日。週末は寝ていられる。——が、和希にすぐに様子がおかしいとバレてしまった。

熱を測れと渡された体温計は、朝の時点で三十八度四分を表示していたが、茉菜は三十七度四分と答えた。

フン、と和希は鼻で笑う。数字を見れば、茉菜の嘘などすぐにバレた。

「自覚していないのかもしれないけど、声は出てないし、目は潤んでいるし、顔は赤いし、動きは緩慢。平熱が三十五度くらいだったら、微熱程度でもそうなるかもしれないけど……違うでしょ」

会社休んで寝ていなさい、と怒られれば、それ以上抵抗する気力も体力も茉菜にはなかった。しかも今日は和希の仕事は休みで、行動を見張られていた。

「さっきよりは、下がっていますよね？」

「誤差の範囲だよ」

朝より一分ほど低いが、否定できない。

「それにしても、低くサバを読むとはね。たまには仕事をサボりたいとか思わないの？」

「布団から出たくないと思うことはありますけど、仕事をサボろうとは思いませんね」

「真面目だね」

真面目……ではない。ただ、今の仕事を失いたくない茉菜は、これまで走り続けるしかなかった。

体温計をしまいながら、和希は茉菜の肩に布団をかけてくれた。

「それより、何か飲み物いる？　喉渇かない？」

「自分で用意するから大丈夫です」

「あのねえ……」

和希の眉が上がる。あ、これは怒ったときの顔だ、とわかるくらいには二人の時間を過ごしていた。

「病気のときも頼れないくらい、俺って信用……ないよなあ」

東京で一緒に暮らすようになって、すでに二か月以上経《た》っている。和希は帰ってきた初日に言った通り、一度も手を上げることはないし、茉菜に触れることもしない。約束を守っている。

だから、信用……していないわけではない。少なくとも今、茉菜を心配してくれていることは嘘ではないだろうし、怒るのも茉菜が無茶をするからだ。

「そうじゃなくて……ずっと、自分で何とかしてきたので。今までだって風邪をひいて寝込むこともあったし」

「そういうときはどうしていたの？」

「寝ていました」

「寝てるだけ？　病院は？」

「風邪ぐらいなら、寝ていれば治ります」

「そりゃ、風邪そのものに効く薬はないって言うけど……食事とかは？」

「すぐに食べられるものがあればそれを食べて、なければお茶とかジュースを飲んでいました」

それもなければ、水道水を飲むだけだ。インフルエンザになって三日間寝込んだときも、そうやって過ごした。もっとも、インフルエンザだったかどうかは、病院に行っていないからハッキリしていない。ただ周囲で流行ったときに茉菜も熱が出て、周囲と似たような症状だったから、きっとそうだったのだろうと思っている。

和希は無言で台所へ行き、スポーツ飲料とコップを持ってきた。

「はい、これ飲んで――と」

てっきりペットボトルを渡されるのかと思ったら、茉菜の目の前でコップに注《そそ》ぎ、それを渡してくれた。

「まずは水分とって」

茉菜は無言でコップを受け取った。

いくら病気とはいえ、過保護過ぎないだろうか。

こんなことは今までしてもらったことがなかった。茉菜は和希が何か企《たくら》んでいるのかと思ってしまう。

「ごはん、何かリクエストある？」

冷蔵庫の中を思い浮かべる。昨日は和希の帰宅が遅かったから、食材は補充していない。あるのは人参《にんじん》とチーズ、卵といったものだが、どれも食べたいとは思えなかった。

「今は食欲がないので……」

「なんとなく、茉菜が今考えたことがわかった気がするけど、これから買い物に行くから。食べたいものがあったら遠慮せずに言って」

「でも……」

「でもじゃなくて希望を教えて欲しい。あるでしょ。果物とかヨーグルトとか、喉越しが良くてサッパリしたモノなら食べられるんじゃない？　というか、そういうのも食べられないのなら、今すぐ病院に連れていくよ。茉菜が行かないって言い張るから様子を見ているけど」

「病院はあまり好きじゃなくて」

「好きな人なんて、普通いないだろうけど……まさか、保険証をなくしたとか言わないよね？」

「ありますよ」

「じゃあ、やっぱりこれから病院へ行く？」

「遠慮し……っ――」

声を張ったせいか、ゴホゴホと咳《せ》き込んだ。

「大人しく寝てなさい。で、リクエストは？」

「えっと……」

言わないと、延々と同じやり取りを繰り返すことになりそうだ。

茉菜はキウィと答えた。

「他は？」

「……プリン」

「OK。じゃあ、それプラス、適当に何か買ってくるよ。風邪薬もなくなりそうだし。もし、俺が買い物に行っている最中に追加リクエストがあったら遠慮なく連絡して。遠慮なくだからね？」

「はい」

優しい。優しいのに……いや、和希が優しくすればするほど、不安が大きくなる。

茉菜はいつもよりぼんやりする頭で、その不安を消す方法を考える。

ふと、さっきまで和希が持っていたものが目に入った。

「何を見ていたんですか？」

アレ、と茉菜はタブレットを指さした。

タブレットの履歴は、まだ確認できていない。茉菜がいる場所で見ていたのだから、答えに困るものではないだろう。それでも今がチャンスだ。

「ああ……ずっと眠ってるのも無理か。茉菜も見る？　俺が買い物に行っている間、使っていいよ。スマホより画面が大きくて見やすいし。寝ながらだと腕が疲れるかもしれないけど」

ハイ、と躊躇《ちゅうちょ》なく渡される。開いていたサイトは、テレビ番組の見逃し配信サイトだった。

「昨日、見られなかったから」

そういえば……と、思い出す。確かに和希はこのドラマを見ていた気がする。茉菜はレコーダーを持っていないから、テレビの録画はできない。タブレットの履歴を見ると、テレビ番組や求人サイト、仙台について検索したあとはあるものの、そのほかはこれと言って気になるものはなかった。

「そういえば、昨日は会社の方との飲み会だったんですよね？」

「どうしてそんなことを？」

訊き方がストレートすぎたが、熱のせいか頭が回らない。言い訳が出てこなかった。

「もしかして、浮気でも疑ってる？」

和希は茉菜の反応を窺うように、ニヤニヤしている。

「違います！」

「そんなに、全力で否定しなくても」

ガクッと、和希は肩を落とした。

和希は茉菜に、嫉妬《しっと》して欲しいのだろうか。記憶はないのに、恋愛感情は覚えているということなのだろうか。

でも記憶を失う前、茉菜に暴力をふるっていた。気持ちがあるのに、暴力をふるうものなのか……。

「違うよ」

「え？」

「そんなに悩ましい顔をして、何を疑っているのかわからないけど、飲み会は会社の人とじゃないよ」

「でも、シフトが良かったって返信を……」

「ああ、そうそう。あれは相手の休みとうまくあったってだけだよ」

「だったら、誰と──」

肝心なことを訊きかけたとき、茉菜のスマホが鳴る。会社からの着信だった。スマホの画面が和希にも見えたらしい。

「じゃあ俺は買い物に行ってくるから。仕事は、今日は絶対休みだから。寝ているんだよ。いい？　わかった？」

一方的に言うと、和希は出ていった。

電話は出社をうながすものではないだろう。恐らく茉菜が担当している業務で、外部から何か問い合わせが来たに違いない。用件はすぐに終わるはずだ。茉菜は和希が消えたドアを見ながら「もしもし」と電話に出た。


茉菜の熱は、その日の夜には下がった。土曜日は一日休養し、日曜日には全快していた。

「体調が大丈夫そうなら、買い物でも行く？」

茉菜が洗濯物を干していると、和希がスマホで読書をしながら、そう言った。最近は電子書籍も買い始めたらしい。本棚に本が入りきらなくなってきたからだという。

「何を買うんですか？」

「特に目的があるわけではないけど、五駅先にショッピングモールがあるから、雑貨とか服とか、食料品とか見に行かないかなと思って」

「行きます！」

　茉菜が食い気味に反応すると、和希が少し目を丸くした。

「……何か欲しいものでもあった？」

「いえ、そうではなくて、今シーズンの服をチェックしたいので」

「市場調査ってヤツ？」

「というほど堅苦しいものではありませんけど、そんな感じです。ちょうど、春物が出始めたころですから。うちの会社も、店舗販売の状況によってはラインナップの見直しを検討するかもって話があるので。もちろんまだ、可能性の話ですけど」

　茉菜が夢中になって話していると、和希は何とも言えなそうに、視線を少し上の方にあげた。

「まあ、いいけどね。純粋にウィンドーショッピングをしようと思ったりすることはないわけ？」

「市場調査以外で、ですか？」

「もういいよ……。でも意外だな。自分の服はそんなにこだわりはなさそうなのに、洋服に興味があるって。デザイナーってもっと、奇抜な格好をしているイメージがあったんだけど」

「それはテレビに出てくる人がそうだから……でもないかな。服飾の学校に通う人は個性的な格好をしている人が多かったですね。もちろん私も、買いたいと思うことはありますけど、会社の雰囲気に合わせた方が良いかな、というのもあって」

洗濯物を干し終わり、茉菜が出かける準備を始める。早々に身支度を済ませた和希は、手持ち無沙汰な様子で、茉菜の化粧の様子を眺めていた。

「茉菜が洋服に興味を持ったきっかけは？」

「きっかけ……ですか」

小さいころは、興味があるかないかではなく、オシャレのことを考える余裕がなかった。でも世話になっていた女性から、子ども用のワンピースをもらったとき、茉菜はとても嬉しかった。新品ではないけれど、汚れのないワンピースはチェック柄で、ベルベットの黒いリボンが付いていた。襟にはレース、袖口にはパールのボタン。余《よ》所《そ》行きのワンピースを着て出かける場所なんてなかったから、茉菜はそれをくれた人のところへ着ていった。お姫様の気分になれた。

でもそれが、直接のきっかけではない。

「友達の影響、かもしれません」

「もうすぐ結婚する人？　この前会っていた」

「朋絵のことですか？　いえ彼女とは、服飾の学校に入ったあとに知り合ったので、そのころにはもう、この道に進みたいな、と思っていました」

「ああ、そっか。じゃあ……？」

茉菜はそのきっかけをつくった人の笑顔を思い出していた。

「昔の……友達です」

茉菜の支度が整い、話はそこでいったん終わった。だが駅まで歩く道すがら、和希は「どんな友達だったの？」と訊いてきた。

それがさっきの話の続きだとは、茉菜は一瞬気づかなかった。茉菜が黙っていると、和希が「洋服に興味を持ったきっかけの話」と言った。

「そんなに気になりますか？」

「茉菜が……今の仕事についた理由だから」

「人からすれば、何だ、そんなことか、くらいの話ですよ？」

「それでも良いから、聞かせて」

茉菜がまだ結婚する前だ。十代の後半から勤めた店で、同い年の女性と知り合った。年齢はもちろん、外見に関してのコンプレックスなど共通するところがあったため、すぐに仲良くなった。仕事が休みの日も、よく一緒に遊んだ。

「似ていた部分は多々ありましたけど、服装に対する考え方が、彼女と私とでは違ったんです。私は流行に流され、彼女は周囲と違う格好を好んでいました」

ときには奇抜とも思える服装をしていたが、それも彼女の個性だろう。人目を引くことに快感を覚える彼女の格好は、似たような年ごろの女子の中に入ると、ひときわ目立っていた。

「だから他人と同じ服を着るのを嫌がって、シンプルな服はアレンジして……」

「もしかして、その友達は不器用だったから、代わりに縫ってあげたとか？」

「あ、そうです。よくわかりましたね？」

「何となくね。茉菜は器用だし、話を聞いていると、二人は似ているようで似ていないところもあるから、逆にその友達は……不器用だったのかなと思って」

「不器用というか、細かい作業が好きではなかったんだと思います」

デザインのアイディアは、最初は友達が出していた。だが、手を加える作業を茉菜がするようになってから、茉菜も徐々に洋服に興味を持ち始めた。

お金を使わなくても、参考にできるところはたくさんある。道行く人の格好からもヒントを得ることができたし、季節によって変化する自然からも、デザインが浮かんできた。

やがて、服作りに向いていると言われるようになった。

「親には、バカ、ダメ、できない子だって言われてばかりいたので、褒めてもらえて嬉しかったのかもしれません。私には才能があるんだって、勘違いしちゃった感じですけどね」

でも、凄《すご》いね、上手だね、と言われるたびに、茉菜は自分の存在理由が少し見えた気がした。大げさかもしれないが、生きている理由を見つけてもらった気がした。

今でも思うが、きっとあのとき、洋裁ではなく料理を褒められていたら、絵を褒められていたら、歌を褒められていたら、茉菜は別の道を選んでいただろう。与えられたのは自信。それは茉菜にとっての希望にもなった。

「こんな話、聞いていても――」

茉菜は息をのんだ。

和希の目は茉菜に向いているのに、瞳に映しているのは茉菜ではないようだった。外は明るく人通りもある。駅に近づいたこともあり、大通りには車も走っているのに、和希の周りだけ静止画のように、音も動きも消えた世界が広がっているようだった。

ハッとした様子で和希が瞬きをする。自覚がなかったのか、一度大きく肩を上下させて深呼吸をしていた。

「もしかして、何か思い出しましたか？」

「いや？　全然、全然」

和希が慌てた様子で首を振る。

「新しいことは何も……。なんて言うか、モヤモヤとしたものが開けそうだったのに、閉じちゃった感じかな。上手く説明はできないけど。知ってる？　脳って、まだ多くのことが解明されていないんだって。だから、MRIで脳の画像を見ても、すべてがわかるわけじゃないって、入院中に言われたよ」

和希は何を言いたいのだろう。思い出せないのは、脳に何らかの異常があるせいだけど、具体的にはわからないということなのだろうか。

「茉菜の昔の話を聞いて、ちょっと混乱したみたい。……昔のことを覚えているのが羨ましいと思ったのかな」

忘れられた方が良いこともある、とはさすがに和希には言えなかった。

茉菜にはこれまで、忘れたいと思う辛《つら》いことがいくつもあった。でも望んだから忘れられるわけではない。願うことはできても、それが叶《かな》うことはない。叶わない望みなら、最初から考えない方が良いと、小さいころに学習した。

電車に乗ったころには、和希はいつもの様子に戻っていた。日曜日の日中の電車は、通勤時間帯よりはすいている。一つだけ空いた座席を見つけると、和希は茉菜に座るように促した。

「病み上がりの人は、無理しないで」

「もう大丈夫です」

「いいから。周りに高齢者もいないし、すいているんだから、さっさと座りな」

両肩をつかまれ、半ば強引に座らせられたが、無茶とは違う。

吊革《つりかわ》につかまって、茉菜の前に立つ和希を下から見上げる。知らない人と一緒にいるみたいだ。記憶をなくした和希は、身体は同じでも五年前とは別人なのかもしれない。

幸せな新婚生活とはこういうものなのだろうか。

茉菜は今の時間をかみしめるように、目を閉じた。車体の揺れが心地よい。陽射《ひざ》しが背中に当たって暖かい。

ぬるま湯の中にいるようで、茉菜はこの時間が続けばいいのに、と思った。

「寝てて良いよ。着くころに起こすから」

「起きていますよ」

「嘘だ、首がカクンカクンしていた」

「本当に、寝てなんていませんから」

茉菜がささやかに抗議する。二人のやり取りが聞こえているのか、クスクスと笑い声が辺りから響いた。

でも本当に、寝てなんていられない。こんな心地よい時間は、長くは続かない。茉菜はそのことをよく知っていた。


ショッピングモールに着くと、和希は入ってすぐに「うわぁ……」と言って立ち止まった。自分から誘った手前、弱音は吐きたくなかったようだが、人の多さが想像以上だったらしい。

「いつもの休日より、少し少ないくらいですよ？」

「これで？　というか、休日に来ることあるの？」

一緒に暮らしてからはなかったが、茉菜が『市場調査』をするのは、たいてい休日の昼だ。そのことを和希に伝えると「意外」という返事がきた。

「そうですか？」

「うん、だって平日の会社帰りの方が、すいてて見やすいと思うから」

「すいているから困るんです。話しかけられるから」

「ああ、そういうこと」

和希はうんうん、とうなずいていた。

「確かに、買うつもりがないときに、声をかけられると見づらいね。〝いかがですか？〟とか〝それ、今日入って来たばかりなんですよ〟とか言われると、見る気失《う》せるし。特にオシャレにさほど興味のない俺みたいなのは、店員と会話を楽しみたいわけじゃないから」

「そういう意見は結構ありますね。でもそれなら、通販を利用すればいいんじゃないですか？」

「サイズとか、書いてあってもピンとこないんだよ。現物を見れば、すぐにわかることなのに」

「意外……」

「そう？　どうしてそう思うの？」

互いの印象を、意外、と言い合い、どうして？　と訊く。

夫婦のはずなのに、何もわかっていない。失った記憶が、二人の距離を昔とは違うものにしていた。

「昔は、オシャレが好きだったみたいだから」

「みたいってことは、茉菜から見ると、そうでないように感じていたってこと？」

以前の和希は、ブランド物を好んでいた。似合うか似合わないか、質がどうのということは関係なく、ブランドのロゴや意匠のわかりやすいものを買っていた。

「答えにくい質問ですね。それがオシャレと思えば、オシャレなわけですし。オシャレに決まりはありませんから。時代によって、オシャレの定義は変わってきますし。流行と言ってしまえばわかりやすいことですが――」

「いや、もういい。茉菜の説明を聞いていたら、思い出してもロクなことがないことだけはわかったよ」

「記憶がないと、ファッションの好みも変わるんですね」

「どうだろう」

この話題には興味がないのか、それとも考えても仕方がないと思っているのか。和希はどこか上の空だ。それよりも店が気になるのか、視線がせわしなく動いていた。

「目当てのお店があるんですか？」

「そういうわけじゃないけど……過去のことを覚えていない今の俺は、生まれたてのヒヨコみたいなものだから、目に入るものがみんな珍しいんだよ。俺のことは良いから、茉菜の行きたいところへ行きなよ。俺は親鳥に付いていくから」

「私のはただ、ブラブラしながら、気になる服を見るくらいですよ」

「それで良いよ」

言葉通り、二人でショッピングモール内を歩いた。洋服を見るときは、和希が後ろからついて回る。確かにヒヨコみたいだ。

退屈ではないのかと、たまに振り返ると、ニコッと笑顔を向けられた。

不穏な空気はないが、何を考えているのかわからない。四軒目の店を出たとき、茉菜は訊《たず》ねた。

「こんなのが面白いですか？」

「うん面白い。茉菜の目が、獲物を狙う野生の動物みたいで」

「え？」

「あ、自覚ないんだ。結構怖いよ。市場調査って意味がよくわかった。確かにあれは、服を買おうとしている人の表情じゃない。普通新しい洋服を選ぶ女性って、楽しそうにしているはずなのに、茉菜は楽しそうというよりは、デザインを盗んでやろう、どういう材料を使っているのか探ってやろうって顔をしているんだ。きっと平日の夜に一人で来ても、店員さん声かけられないんじゃないかな」

「どうですかね……」

和希には黙っているが、実は一度、同業者とバレたことがある。あれは気まずい。そんなことはたまにあるのか、店員はそれほど気にした様子はなかったが、気づかれた方は恥ずかしい。茉菜が人の多い時間帯を選ぶようになったのは、それもあってのことだった。

正午を知らせるアナウンスが店内に流れる。一時間ほど前に来たときよりも人は更に増えていた。

「お昼にしない？　お腹《なか》がすいてきたよ」

「良いですけど、混んでいると思いますよ」

和希はやれやれ、と並ぶ前からすでにうんざりとした様子だ。

「ハンバーガーとかにしますか？」

客の回転の速さを基準に提案したが、和希は「ラーメン」と言った。

確かに回転率だけなら、ラーメンも速いだろう。

ショッピングモール内には、ラーメン店が三つほどあった。全国チェーンの手ごろな価格の店と、味噌《みそ》がメインの店と、豚骨がメインの店だ。

「私はどこでも良いです。ラーメンはどれも好きですから」

「そう？　じゃあお言葉に甘えて、豚骨の店にしようかな」

店の前には、予想通り行列ができていた。二十人以上は並んでいる。入り口のところで「スズクラ」と書き、茉菜と和希は列の最後尾に並んだ。店員の話では三十分くらい待つらしい。

列に並ぶ人たちは、ほとんどスマホをいじっている。和希もその一人だ。茉菜も特に目的はなかったがニュースのアプリを立ち上げた。政治家の不適切な発言云々《うんぬん》が問題になっているが日常茶飯事だ。芸能人の熱愛も不倫も、茉菜には関係ない。興味がないのに、ポッと空いた時間ができると、それを埋めるようにスマホを手にしてしまう。

「一度手にすると、手放すのが難しくなるよね」

え？　と、茉菜が唇を動かすと、和希が右手を少し上げた。

「スマホ。慣れちゃうとそれが当たり前になるっていうか、なくなったらどうしようって思わない？」

「そう……ですね」

「時計やアラーム代わりにも使うし、初めての場所へ行くときのナビとしても便利。東京の複雑な電車や地下鉄の乗り換えも出発駅と到着駅を入力すれば、最短ルートも最安値も教えてくれる。地球の裏側にいる人とだって連絡できるし、動画や写真も送れる。持ち歩いているのは電話じゃなくて、自分の代わりに考えて、覚えて、教えてくれる頭脳ってくらい頼りになる」

和希が言いたいことは理解できる。茉菜もその便利さを享受している。だが、それが何だというのだろう？

黙っていると、和希はスマホをしまって、茉菜の方を向いた。

「失ったらどうなるかって、なかった時代を知っているのに、今じゃもう考えられない──という話をこの前Ｌａｒｇｏのマスターがしていたんだ。マスターは俺より二十は年上で、ダイヤル式の電話も記憶にあるらしいんだけど、それでもう、スマホがないと生活が成り立たないって言っていた」

便なころに戻りたくない。そう思うのは、自然な感情なのではないだろうか。不便なころに戻りたくない。

茉菜がそう言おうとしたとき、和希が「あれ？」とどこか遠くを見てつぶやいた。

和希の視線の先を追う。茉菜は息をのんだ。

「あれ、和希？」

相手も和希に気づいたらしく、手を振りながら「こんなところで、何してんだよ」と近づいてきた。和希の知り合いの警察官の男だ。非番なのか今日も私服姿だった。

「何って、こんなところに立っていて、ラーメン食べる以外の目的があるように見えるか？」

「それもそうか」

男は店名を読み上げてから「豚骨ラーメンか」と言った。

「結構待ってる？」

「十五分くらいかな。まだ時間かかりそうだけど」

長蛇の列を見て、和希も男性も、うんざりした様子で顔をしかめた。

「ところで、その人は……？」

男性が茉菜を見る。目が合った。茉菜が軽く頭を下げると、相手は目じりを下げて微笑《ほほえ》んだ。

「ああ、ゴメン。そういや、紹介していなかったか。俺の……」

言い淀《よど》んだ和希のあとを引き取って、茉菜は自分から名乗った。

「妻の茉菜です」

なぜ和希がすぐに「妻」や「奥さん」と言えなかったのか。今の関係性では戸籍以外は、何もつながりがないからだろう。本来なら一番強固なはずの戸籍がつながっていても、茉菜と和希の間にはそれしかない。

でも……、と思う。少しずつ、つながっているような気がする。もっと今の和希を知りたいとも思う。そのためにもこの男の前で「妻」になろうと茉菜は思った。

「初めまして」

「いえ……こちらこそ、ぶしつけに申し訳ありません。自分は羽瀬《はせ》修斗《しゅうと》と言います」

「しゅーと、さん」

「あ、今シュートって想像しましたよね？　ご想像通りです。父親がサッカー好きで、修斗になりました。まあ、マラドーナとかメッシじゃなくて良かったですよ」

修斗の口は滑らかに動く。ニコニコと人好きのする笑顔で語っていた。

「修斗、そのネタ、もう聞き飽きた」

「俺はオマエじゃなくて、茉菜さんに言ってんの」

「別に茉菜は、興味ないと思うけど」

「そんなことわからないだろー」

仲の良さそうな空気を感じる。少なくとも、茉菜と話しているときよりも和希は肩の力が抜けている感じがした。

「あの修斗さんは……、和希さんといつからの知り合いなんですか？」

話に不自然なところはないかと、茉菜は修斗の様子に注視する。

「四か月くらい前ですかね。俺が旅行で仙台へ行ったとき世話になっちゃって」

「旅行？」

茉菜が和希の方を向くと、うん、と若干呆《あき》れた様子でうなずいた。

「修斗は彼女と旅行に来ていたんだけど、早朝に一人で電車にのって、フラフラしてたんだ」

「フラフラってなんだよ。旅先でちょっと、予定にない行動をしたくなってもおかしくないだろ。彼女はまだ寝ていたし」

「だからってスマホで改札通って、電車を降りたは良いけど、電池切れで帰れなくなるって普通ないよ。知らない土地なら、財布くらい持って出るだろ」

「結果的に、宿に戻れたんだから良いだろ」

「偶然車で通りがかった俺が送って、だろ」

「その節はありがとうございました」

修斗は深々と頭を下げる。和希はアホか、とそっぽを向いた。

二人の話におかしな点は感じない。それに四か月前からの知り合いでは、昔のことは知らないだろう。

短時間でよく、ここまで親しくなれたものだと思うが、それから二日間滞在していた間に一緒に食事もしたらしい。お礼に奢《おご》ったんだ、と修斗は自ら語った。

「そのあとも、なんとなくやり取りが続いて、コイツが東京に来るって聞いて、なおさらやり取りが増えたって感じですかね」

「今日はお一人なんですか？」

見たところ、修斗の側に女性の姿はない。茉菜が何を訊ねているのか気づいた修斗は「最近、別れました」と笑った。

「フラれちゃって」

あまりにも明るく言うから、茉菜も「はあ」と返すしかなかった。さすがに理由まで訊ねられない。仕事のことも気になったが、いきなり訊ける話ではなかった。

茉菜たちは少しずつ店の入り口に近づいている。グループ客がいたのか、一気に店がすいたらしく、立て続けに店内に案内される。

「二名でお待ちのスズクラ様、スズクラ様。お席の用意ができました。ご案内いたします」

店員に呼ばれて、そこで修斗とは別れた。

カウンター席に案内され、注文を済ませる。店は人が多く、空調が強すぎるのか、汗ばむくらいだった。

「修斗さん、楽しそうな方ですね」

「まあね。ちょっと騒がしいけど」

水を飲みながら和希は、別のものにすれば良かったかな、ともう一度メニューを見ている。

茉菜はホッとしていた。最初に和希が修斗と話しているのを見たとき、修斗は警察官の制服を着ていたから、てっきり何か相談しているのかと思っていた。でも、修斗とは友人として会っているだけのようだ。

和希の記憶が戻ったわけではないらしい。ただ、

――鈴倉茉菜の過去を知っている。

あの手紙の謎は残っている。記憶が戻っていないのであれば、和希が出すのは無理

だ。

でも、そうだとすれば誰が？

仙台にいる知り合い？

和希も茉菜の住所を追ってきたのだ。探そうと思えば、探せなくはないだろう。

一人、二人と、茉菜は記憶をさぐる。

だが、これという答えが出る前に「お待ちどおさまでしたー」と店員が、湯気の立つラーメンを運んできた。


日中、人混みに出て疲れたせいか、その日は二人とも早めに布団に入った。だが茉菜はずっと寝つけなかった。眠ろうとしても眠気はどこかへ行ったままだ。

茉菜はまぶたを開けた。部屋の中は暗い。それでも、光がまったくない森の中とは違う。しばらく天井を見つめていると目は慣れ、薄《うっす》らと部屋の中が見えてきた。

茉菜はベッドの上で身体を起こした。床に敷いた布団には和希が寝ている。和希はよく眠っているらしく微動だにしなかった。

音をたてないように、そっと立ち上がる。充電コードにつながれたスマホを手にして、和希の右手に近づける。スマホを持っていないもう一方の手で、和希の右手の人差し指をつかみ、ロックを解除した。

茉菜は和希に背を向けて、スマホの画面に指を走らせた。

ホーム画面から、メールのアプリを起動する。受信フォルダ、送信フォルダ、ショートメール、思いつく限り開いてみるが、広告メール以外は何もなかった。電話帳に登録してあるのは、茉菜と修斗と職場と思われる会社名。あとはＬａｒｇｏだけだ。

通信アプリも見るが、茉菜と修斗とのやり取りしかない。同僚の連絡先すらなかった。残るはＳＮＳだがアプリすら見当たらない。そもそもＳＮＳの話を、和希から聞いたことは一度もなかった。

検索サイトの履歴を見るが、今日訪れたショッピングモールやラーメン屋、タレントの検索履歴はあるものの、これといって気になるものはなかった。

茉菜は首を回し、後ろで寝ている和希を見た。

穏やかな顔をしている。暴力的だった姿を想像することすら難しい。

このままずっと――そう思うが、いつ記憶を取り戻すかわからない和希と一緒にいるのは、遠からず限界が来るだろう。

何もかも手に入れるのは無理だ。多くを望んではいけない。

茉菜が本当に欲しいものは、もう手に入れた。これ以上望めば、それすら手放すことになる。

今なら。今、ここで終わりにすれば、楽しかった思い出だけを胸に、生きていけるかもしれない。

もちろん和希の記憶が戻ればその先がどうなるかわからないが、今の関係を続けるよりは希望はあるだろう。

茉菜はスマホの写真が保存されているファイルを開いた。和希が撮っているところをあまり見たことはないが、茉菜の知らないところで何か撮影しているかもしれない。

さほど期待せずに、画面をタップする。

ファイルの中を見て、茉菜は息をのんだ。

「茉菜から触ってくれるとは思わなかった」

不意に背後から声がした。茉菜はビクッと身体を震わせた。

「起きて……！」

「指をつかまれれば起きるよ。見てもたいしたものは入っていないと思うけど。この前、水没して壊れて買い直したばかりだからね」

「でも、機種変更なんて――」

「してないよ。慌てて駆けこんだショップに、同じ機種の同じ色があったから、まったく同じものを買ったんだ。新しく操作覚えるのも面倒だし。ただ、これまで持っていたデータをほとんど失っちゃったから、見たところで何も入っていないけど」

言われてみれば、茉菜とのやり取りは、最近のモノしか残っていなかった。

「言ってくれれば、こんなことをしなくても見せたのに。やっぱり浮気でもしてるって思ってるの？」

茉菜は首を横に振った。

浮気を疑い、嫉妬にかられるくらいの関係であれば、どんなに良かったか。

茉菜は黙ってスマホを返す。和希は飛び上がらんばかりに、布団から逃げ出した。

「うっ……わ！　え、これ見たの？　見たよね……」

和希が狼狽《ろうばい》している。どこか挙動不審な仕草で、うわ、とか、ヤバい、と何度か叫んでいた。

「これは、その……まだ記憶が怪しくなることもあるから、顔を覚えるために、茉菜の写真を撮ったんだけど……と言って信じてもらえるかはわからないけど……」

和希の顔が見られない。いや、自分の顔を見せられなかった。

「……ゴメン、自分からは触れないつもりだったんだけど」

和希が茉菜の右手の人差し指を握っていた。

——嫌だったら言って。

そう耳元でささやかれたら、茉菜は何も言えない。

触れあっている指先だけが温かかった。

絶対に冷めるとわかっているのに、茉菜はぬるま湯から出られずにいた。

◆◆◆

私が間瀬匡人《ませただひと》と出会ったのは十六歳のときだった。近所にあるアパートに住んでいて、初めて言葉を交わしたのはゴミ収集所という、何とも所帯じみた場所だった。

「おはようございます」と、最初に声をかけてきたのは匡人からだった。

寝起きなのか、若干寝グセのついた髪型に、足元は履きつぶしたサンダル。グレーのスエットを着ていた気がするけど、正直なところ第一印象はあまり記憶にない。季節柄、新しい住人……恐らく大学生が引っ越してきたんだな、と思う程度だった。

次に会ったときは百八十度変わっていた。きちんとセットした髪に、真新しいスーツ。ネクタイを締め、足元はツヤツヤの革靴。初対面の時とは違いすぎる格好に私は戸惑ったけれど、このときもやはり匡人から「おはようございます」と声をかけてくれた。

初対面のときとは違う姿だった理由はあとから知った。その日が大学の入学式だったからだ。

ゴミ収集所で会うのは回収の日の日課になった。大学の授業は一時間目からはない日もあったようだけれど、匡人は律儀に朝八時にはゴミを出していた。スーツを着ていたのは入学式の日だけで、それ以降はやっぱりグレーのスエットにサンダルを履いていた。ときには右足はスニーカーで左足はサンダルということもあった。半分くらい目が開いていなかったから、寝ぼけていたのだと思う。

寝過ごすときもあったようだけど、その次のゴミの日には確実にいた。会えないのはゴミの回収がない日。日曜日や休日は、私にとってつまらない一日だった。

頻繁に顔を合わせていたこともあって、少しずつ雑談を交わすようになった。

ゴールデンウィークが終わるころ、実家からアパートに戻ってきた匡人は、私にお土産のお菓子を買ってきてくれた。この日初めて、私は匡人の部屋にあがった。

部屋に入ってまず、私は国語や英語の他に、フランス語の辞書まであることに驚いた。大学の一般教養で使うだけだから話せるわけじゃないよと匡人は言ったけれど、私にとってはそれすら羨ましかった。大学という場所が、大学生の匡人が、ただただ眩《まぶ》しく見えた。

そう言うと、匡人は自分だって二年後は大学生になるのに、と不思議そうな顔をした。

私は匡人に年齢は教えていたけど、それ以外のことは伝えていなかった。

言いたくなかった。でも嘘もつきたくなかった。

「私、高校に行ってないから」

「病気か何かで？」

「ううん」

「じゃあ……いじめとか？」

「そうじゃなくて、最初から行ってないだけ」

「受験しなかったってこと？」

「うん」

匡人はひどく驚いていた。これまでそういった知り合いは、一人もいなかったみたいだった。ただ、匡人も何か事情があることは察してくれたらしい。

「じゃあ、普段は働いているの？」

私は言葉に詰まった。ここで「うん」と言えば「どこで？」となると思ったからだ。だから私は「親戚の手伝いをしている」と言った。

「お義父《とう》さんの方？」

「……うん」

匡人には親の再婚で、岩手に引っ越してきたことは伝えてあった。義父と義兄とは、あまりうまくいっていないことを話していたから、それ以上突っ込まれないだろうと思っていたし、実際、深く訊かれずにすんだ。

このころ、私の母親は何度目かの結婚をしていた。何度目かというのは、男性の出入りが激しくて、婚姻届を提出した回数と、同棲の回数が合わなかったから、正確な結婚回数が私にもわからなかった。もしかしたら、母親も把握していないかもしれない。ただこのときは結婚して、私は母親と一緒に、相手方の家に転がり込む形で住んでいた。新しくできた兄は私よりも四歳年上で、高校を中退してから、たまにアルバイトをしていたというけれど、どれも長く続かなかったらしい。一緒に生活し始めたころの兄は、まったく働いていなかった。このことは匡人には黙っていた。

「そっか、偉いよ。僕なんて、このままいくと早くても二十二まで親のすねをかじることになるから。長ければプラス二年。十五で働こうなんて考えは、思い浮かべることもなかったな。今の状況が当たり前だと思ってた。それどころか、もう少し小《こ》奇麗《ぎれい》なアパートにしてくれても良かったのに、とさえ思ってたよ」

匡人はもう一度「偉いよ」と言った。私は曖昧に笑っておいた。

私がしている仕事を知っても、匡人は本当に「偉いよ」と言ってくれるのだろうか。

私に「職業に貴賤《きせん》なし、だよ」と教えてくれた人がいた。八歳のころだった。意味はわからなかった。説明を求めたけど「そのうちわかるよ」と、笑ってかわされた。待てなかった私は辞書で調べた。でも、やっぱり意味はよくわからなかった。

成長すると単語の意味は理解できた。だけど本質的にはわかっていなかったと思う。

私の母親は、医師や弁護士などには「お医者様」とか「弁護士様」と様をつけていた。「社長様」とも言っていた。だけど自分の身分のことは低く見ていた。それ以外で生きていく方法がないから、らしい。

母親は職業を「選べる」か「選べない」かで、身分が違うと言った。スポーツや芸術のような特殊な能力を要するもの、大学を出なければ就けない仕事、資格が必要な仕事……そういった仕事に就くまでには階段のように段差があって、才能もチャンスも何も持たずに生まれてきたら、一番下にいなければならないらしい。母親は、男性相手に身体を使うくらいしかできないのさ、と自分をあざ笑っていた。

私は母親よりもさらに悪い環境にいた。そもそも私の前には階段がなかったから、上がることはできなかった。

匡人には姉が二人いて、家族で待望していた男の子だったという。「田舎だから、長男信仰が残っているんだ」と、家を出るまでの十八年の人生に、楽しさや期待の重さがあったことを、一瞬で理解させられるような表情をした。

大変そう、と思った。だけど同時に羨ましいとも感じた。期待されることは何もなく、望まれるのはただ静かにおとなしく目立たないように……というだけの私とは、生きる場所が違ったからだ。匡人といれば、私も彼のようになれるのではないかと思った。

「この辞書借りても良い？」

読めないフランス語の辞書は、そこへの入り口に感じた。

「貸すのは良いけど、前期は講義があるし、予習や復習もすると思うから使うんだよね」

「あ、そっか。そうだよね。ごめん、どうせ見てもわからないのに、勝手を言って」

「ううん、興味があるのは良いことだと思うよ。フランス語なんて、僕だって専門的に履修するわけじゃないから、ぶっちゃけ、よくわかっていないし。大学を卒業するために必要な単位ってだけだから。でも……頑張っているね」

「え？　私が？」

「うん。だって、しなくてもいいのに勉強しようって思うのは尊敬するよ」

「そんなこと……」

私は照れた。こんなことで褒められるとは思っていなかった。もちろん悪い気はしない。ただ、フランス語にも興味はあったけど、下心があったことも否定できなかった。匡人に近づきたいのは、人間としての立場だけでなく、異性としての距離も縮めたかったからだ。

その気持ちは、私だけではなかったようだ。

敷かれたレールの上を走っていただけという匡人は、自分よりも年下なのに、仕事をして勉強に興味を持つ私に惹かれたのかもしれない。「前期は……」と前置きした匡人は、真っ赤になりながら言った。

「講義のない日に、アパートに来てくれればいつでも見ていいよ」

むしろ来てよ、とつけ加えられた言葉で、私たちの距離は一層近づいた。

——普通のデートがしてみたい。

私がそんな希望を口にすると、匡人はプランを考えてくれた。水族館に、映画館に、花火大会に、オシャレなカフェ。

部屋には私のためにコップも用意してくれた。私専用のコップだから、友達には触らせない、と言ってくれた。

夢みたいに楽しかった。自分と同じくらいの年齢の人たちと、同じことができるのが嬉しかった。大学に入るまで部活と勉強くらいしかしていなかったという匡人は、何回もデートを計画してくれた。

きっと匡人は、私に交際経験がないと思っていたのだろう。

でももし、異性との身体の関係を交際というのなら、私はもう、多くの人と経験していた。相手の嘘か本当かわからないプロフィール、寂しさを埋めるためのその場限りの関係。もちろんそんなことは、匡人には知られたくなかった。

大人になると、寂しいときに寂しいと口にできないときもあるよ、と言ったのも、私に勉強を教えてくれた人だ。私は子どものころから、寂しくてもそう言葉にすることはできなかった。暗い室内で目が覚めても、風邪をひいて寝込んでも一人で、頼れる人はいなかった。勉強を教えてくれた人は私の面倒を見てくれることもあったけれど、急にしばらく会えなくなることがあった。遠いところへ行っているから、と人づてに聞いたけど、物理的な距離ではないことくらい、私も感づいていた。ただ触れてはいけないのだということにも気づいていた。だから私にとって、寂しいと生きるは同じ意味だと思っていた。

そんな中、匡人だけは会いたいといえば会えるし、抱きしめて欲しいと手を伸ばせば、抱きしめ返してくれる人だった。

だけど匡人と一緒にいても、私は寂しいと思った。どんなに好きと言われても、どんなに「普通」を演じても……いや、普通であろうとすればするほど、自分が他の人とは違うということを感じさせられた。

匡人にいくつか嘘をついていた罰だろうか。ある日、私たちの決定的な違いを思い知ることになった。

雨が降り、予定がなかったこともあって、その日は匡人の部屋で、映画を観《み》ることにした。レンタル店へ行き、一緒に観るDVDを選ぶ。洋画の新作コーナーに行くと、匡人は目を輝かせた。

「あー、これもう、DVDになっていたんだ。映画館で観たかったんだけど、行けなくてさ。すっごい観たかったんだ。うわー、まだ新作扱いで高いけど、これは絶対借りよう」

珍しく匡人のテンションが高い。その浮かれぶりが、年上だけど、私は可愛《かわい》いと思った。

「そんなに観たかったなら、映画館に行けばよかったのに」

「……受験が近くて、余裕がなかったんだよ」

当然でしょ、と匡人は言いたそうだ。テンションが高くなった分、下がったときの落差は激しかった。

匡人は持っていたDVDを棚に戻した。

交際して半年くらい経っていた。二人の間には慣れの空気が漂い始めていた。

無言で棚の間を歩く。アニメのコーナーへ入ったとき、匡人は子どものころ、家族で行ったという映画のDVDを手にした。

「これは観たことあるよね？」

「ううん……ない」

「えー、クラスで話題にならなかった？　普通観るでしょ」

当たり前の流れかもしれないけど、私にとってはその質問が一番困る。私が高校へ行っていないことを知っている匡人は、気を使ってか高校時代のことはあまり話題にしない。ただ匡人と同じ「普通」を、私は持ち合わせていなかった。

「どうだったかな……」

「テレビで何度も放送してたよ？」

有名な映画だから、もちろんタイトルは知っている。

だけどその映画が公開されていたころ、私は嫌なことが重なって、映画のタイトルを聞くと昔のことを思い出してしまうから、まったく観たいと思わなかった。

いや、私にとっては、どれもこれも思い出したくないことばかりだ。私の人生に楽しい記憶など、匡人に出会うまでほとんどなかった。

「別のにしない？」

「でもこれ面白いよ？　大人でも楽しめると思うし。というか、僕は映画館でも、テレビ放送でも観たけど、その都度楽しめるから、絶対に観た方が良いよ」

いつになく、匡人の態度が強硬だった。それだけ、その作品が素晴らしいのかもしれない。でもそれ以上に「誰でも知っていること」を知らない恋人が嫌だったのかもしれない。

一緒にいる時間が増えていくと、匡人は「普通でしょ」という言葉をよく使うようになっていた。

普通が怖い。私は普通に憧れるのに、普通になれない。

「食わず嫌いって、もったいないよ。これは食べ物じゃないけど」

「別に良いじゃない！　そんなの観たことなんかなくたって、全然おかしくないじゃない！」

その日、私は匡人のアパートではなく、家に帰った。

これで終わるだろうな、と思った。

だけど翌朝も匡人はゴミ収集所に来て「おはよう」と言ってくれた。

ゴールテープが見えている。そしてゴールテープを切った先は崖の下だ。だから私は少しでもゴールに近づくのを遅くしたくて、ゆっくりと歩いた。無理をしても「普通」を演じ続けた。

だけどそんな努力もむなしく、終わりは突然やってくる。

匡人の部屋に忘れた財布を彼が家まで届けに来てくれたとき、私は義兄のベッドに裸でいたからだ。

顔面蒼白の匡人は、震えながら半裸の私の腕をつかみ、アパートに連れて行った。

玄関のドアを閉めると、匡人は靴も脱がずに泣き始めた。

「どういうこと?」

「どういうって……」

「同意の上かって、訊いているんだ。お互いが望んでいたのかってこと」

「そんなことない。嫌に決まっているでしょ!」

「だったら、どうして拒まない？　嫌だって、抵抗しないんだ！」

「したところで、結局押さえ込まれるもの。みんなずっとそうだった！　弱いものは殴られるし、欲望のはけ口にされるだけなの！」

義兄はもちろん、母親と一緒に暮らした大人の男の相手をさせられたこともあった。

もっと小さなころは、私も抵抗した。嫌だと言ったし、泣き叫んだ。

だけど誰も助けてくれない。やめてくれない。そのうち、抵抗するだけ無駄だとわかった。そして私にとってはこれが「普通」の世界だと思うようになった。

匡人は私の両手をつかんだ。

「ちゃんとした大人に相談しよう。あの人たちと一緒にいたらダメだ！　十六ならまだ保護してもらえるよ」

「保護？」

「そう。児童養護施設とかに住むことになると思うけど、公的な機関に相談すれば、少なくとも今より安全な場所で暮らせる。そして今からでも高校へ行って、就職すれば、親に頼らず生きていけるよ。僕も協力する。一緒に考える。力になる！」

匡人はさらに私の手を強くつかんだ。涙をこぼしながら、私から視線を外さなかった。

「ありがとう」

助けようとしてくれているのは本気だろう。それは信じている。でも――。

「じゃあ、今日は僕のところへ泊まって、明日の朝、役所へ行くよ。この時間じゃ、もう閉まっているから」

匡人の正しさは眩しい。ずっと一緒にいれば、いつか私も「普通」になれるんじゃないかと思うこともあった。だけどそれは錯覚だった。この手を取っても、私は「普通」になれない。そしてこれ以上、それを見せ続けられることに、私の方が我慢できなかった。

「ゴメン、帰るね」

「え？」

驚いたのか、匡人の涙が止まった。

「ありがとう。たくさん、たくさん、ありがとう」

私は匡人のアパートをあとにした。歩きながら泣いた。家までは三分くらいだったから、涙が乾くことはなかった。泣いたまま家に入った。義兄はリビングで平然とテレビを見ていた。突然の乱入者の存在なんか、気にした様子もなかった。義兄にとってはそれが「普通」だった。

翌朝、いつもの時間に行っても、匡人とゴミ収集所で会うことはなかった。ただそこに、匡人の部屋で私が使っていたコップが捨てられていた。匡人が引っ越したことを知ったのは、それから三日後だった。

もう会うことはないのだと実感した。

さらにその三日後。私は家を出た。どこへ行けばいいのかわからない。わからなかったけれど、私にとっての「普通」を見つけるために、新たな場所へ飛び出すことにした。

第三章

三月になっても朝の空気はまだ冬が続いていて、布団の中から出るのがおっくうに感じる。起きなきゃ、という現実と、もう少しだけ、という気持ちがせめぎ合うなか、茉菜はどうにかまぶたを開けた。

着替え中の和希と目が合い、「おはよ」と微笑《ほほえ》まれる。

「まだ寝てれば？　土曜日だし。茉菜の仕事は休みでしょ」

和希の仕事はカレンダー通りに休めない。今日は出勤日だ。早番じゃないだけマシだよ、と言いながらエアコンのスイッチをつけていた。

「そうですけど……起きます」

「自分だけ寝ているのは悪いって思うの？　なんかそれ、奥さんっポイね。……今どき、こんなこと言うと、嫌がられるかもしれないけど」

「それは気にしませんけど……私の場合このまま寝ていると、昼までベッドの中にいそうなので」

和希が来る前は、それが休日の定番だった。自由といえば自由で、そんな時間も悪くはなかったが、昼過ぎに二度寝から目覚めると後悔することもあった。特に日曜日だと、休日に何もせずに過ごしたという罪悪感まで加わって、いつにも増して憂鬱な月曜日を迎えていた。

「その気持ちはよくわかるよ。俺も以前は、仕事が休みのときなんて、ダラダラ過ごしていたし」

「やっぱり、やってしまいますよね」

茉菜は、ん？と疑問を感じた。聞き流してしまうところだった。

「何の仕事をしていたんですか？」

「え？」

「だから、仕事が休みのときはダラダラしていたって……」

「ああ……」

和希は口元に手をあててうつむく。しばらく瞬きもせずに一点を見つめていた。が、結局「わからない」と首を横に振った。

困惑しているのか、和希の表情は冴《さ》えない。

「なんか、スルッと口から出ていたけど、意識したわけじゃなくて。茉菜に言われて気づいたぐらいだし」

「でも、昔のことを思い出しかけたってことですよね?」

「たぶんね。でも何をしていたかって考えると……思い出せない。思い出そうとするとダメなのかな」

「意識して思い出せているのなら、とっくに思い出しているでしょうから、そうかもしれませんね」

「うーん、思い出そうと意識しないように意識するしかないか」

「それはダメな意識です」

茉菜がツッコミを入れると、和希は一瞬きょとんとした表情をしてから、そうだね、と笑った。

「無理に……思い出さなくていいですよ」

あとに付け加えた言葉が茉菜の本心だった。

和希を見送った茉菜は、掃除機をかけ始めた。整理しても部屋が片づかない。物を動かしながら掃除機をかけるが、まったくはかどらない。

茉菜は掃除機のスイッチを切って、部屋の中を見回した。日を追うごとに和希の荷物は増え、季節の変化に合わせて買い足す服は置き場に困るようになった。その都度、茉菜の持ち物を整理しているが、いかんせん二人で暮らすには部屋が狭い。

昨夜「そろそろ引っ越した方が良いかも」と和希に言われた。

和希と一緒に住むようになってから三か月。さっきは一瞬、記憶を取り戻しかけたようだったが、今のところ生活に変わりはない。和希自身、茉菜と過ごす時間と、記憶がない状態との折り合いをつけられるようになってきたらしく「このままでも良いのかな」と受け入れているようだった。だからこそ、引っ越しを提案したのだろう。茉菜はこのまま一緒に生活を続けていくことに不安を感じてはいるものの、断る理由はなかった。

スマホを手にした茉菜は、賃貸物件の情報サイトを開いた。利用する沿線、駅、家賃、部屋数、希望する項目にチェックを入れていくと、最初は数千件あった物件もどんどん絞り込まれていく。

せっかく引っ越すのだから、最低でも二部屋は欲しい。使える家具は利用するにしても、カーテンくらいは新しくできないだろうか。和希が使うベッドも必要だろう。そんなことを考えながら調べていると、時間があっという間に過ぎてしまう。

二人で住むのだから、もちろん二人で考えたい。だが和希は今日、帰ってこない。

仕事のあと修斗の家に泊まると言っていた。

「あーあ」

天気も良いし、せっかくだからシーツの洗濯もしよう。気温はそれほど高くはないが、陽射《ひざ》しが当たる場所はポカポカしている。動かずにいると、もう一度寝てしまいそうになる。

外からバイクの音がした。エンジンをかけたまま停止し、すぐに発進する。また停止する。独特の動きをするその音は、郵便配達のバイクだ。

茉菜のアパートのところで止まる。郵便受けに何か入れられた。

バイクの音が遠ざかってから郵便受けへ行くと、手紙が入っていた。茉菜宛の封書で、差出人の名前も住所も書いていなかった。

見えない何かに取り囲まれているように、茉菜は恐怖を覚える。手紙を手に急いで部屋に戻った。

封筒の表裏を確認する。前回と違い、今回は張り合わせに違和感はない。消印の日づけも昨日だ。消印が押された場所は「盛岡」となっていた。

茉菜は震えながら封筒を開ける。読む前に嫌な予感がした。

前回と同じく白いコピー用紙が入っていて、印字された文が一行だけ書かれていた。

——オマエが殺した

茉菜は静かな部屋の中が、急速に冷めていくように感じていた。

そのとき、テーブルの上のスマホが震える。

表示される番号に心当たりはなかった。ただ、〇二二から始まる番号に胸がざわつく。〇二二は仙台の市外局番だ。

電話に出るのを躊躇《ちゅうちょ》する。今回は盛岡だったが、以前の手紙の消印は仙台だった。差出人かもしれないと思えば、応じないわけにはいかなかった。

「——もしもし？」

「鈴倉茉菜さんのお電話で間違いないでしょうか？」

四、五十代の男性だと思われる声だ。落ち着いた話し方だが、東北の訛《なま》りがあった。

「はい」

「こちら、宮城県の大山警察署の西垣《にしがき》と申します」

茉菜の頭の中が真っ白になる。電話の向こうから「もしもし？　もしもし？」と問いかける声が聞こえてきた。だけど茉菜は応《こた》えられない。

それでも、五回目くらいの「もしもし?」が聞こえたあと、茉菜は深呼吸をして「はい」と言った。

「鈴倉和希さんに関することでお話があるのですが、今お時間よろしいでしょうか」

「……はい」

「数日前、こちらの管轄の山中で、白骨化した遺体が発見されました。検視の結果、鈴倉和希さんと確認できましたので、ご連絡した次第です」

返事をした茉菜の声がかすれる。暑くもないのに汗がふき出た。全身の血液が激しく巡っている。寒さはまったく感じない。だけど手が震えていた。

茉菜は表示された電話番号を、パソコンからネット検索する。間違いなく、警察署の番号だった。

「鈴倉和希さんは、ご主人でお間違いないでしょうか?」

茉菜に電話をかけて来た時点で、警察は調べているだろう。だがそれも一連の流れなのかもしれないと思えば、答えるしかなかった。

「はい」

「奥様は現在、東京にお住まいのようですが」

「はい」

「できれば近いうちに、こちらまでご足労いただきたいのですが、可能でしょうか？」

いくら夫婦とはいえ、白骨化した遺体を見て、夫とわかるとは思えない。それでも断るわけにはいかない。

相変わらず手の震えが止まらないまま、茉菜は声を振り絞った。

「もちろんです」

今からでは遅くなるということで、約束は明日になった。すでに白骨化した遺体のため、警察も一分一秒を争うわけではないらしい。

「あの……」

「はい、何でしょうか？」

「本当に、和希さん……夫の遺体なのでしょうか？」

間違いではないだろうか。

茉菜はそう思いたかったが、西垣は沈んだ声ではあったものの、「残念ながら」と断言した。

「歯の治療痕が一致しましたので」

「死亡した原因は？」

「遺体が見つかった場所、また遺体の状態からして、転落死という結論になりました。

残念ながら死亡時期については細かい日時まではわからないのでおおよそになりますが、死後約五年といったところです。そのころのご主人の行動などにつきまして、奥様にお訊きできればと思っております。詳しいことは、こちらにいらっしゃってからご説明しますので、まずは一度こちらへ」

何を訊かれるか不安を感じながら茉菜は「わかりました。よろしくお願いします」と言って電話を切った。

たった数分間の会話で、茉菜はどっと疲れた。スマホを持つ腕すら重く感じる。

遺体はどういう状況で見つかったのだろうか。最近東北の方では雨が続いていた。地盤が緩んで土砂崩れが起きて押し流されたか、地中に隠れていたのが表に出てきたのだろうか。

どちらにせよ、こんなことはもうないと思っていた。

三か月前——茉菜の前に和希が「ただいま——茉菜」と帰ってきてからは、特に。

茉菜は傍らにある、手紙へ視線を流した。

——オマエが殺した

今朝まで食卓を囲み、行ってきますと家を出ていった人は、いったい誰なのか。茉菜の頭の中ではいくつもの疑問が解決しないまま絡まっている。ただハッキリしていることは、夫のフリをして生活していた人と一緒にいたということだ。そしてもう一つ、わかっていることがある。茉菜はそれを知って、ショックを受けているということだ。

騙《だま》されていたはずなのに、それ以上に、見せてくれた優しさが偽物だったことが辛《つら》い。大切にされているように感じてしまった自分が、なさけなかった。いつのまにか精神的に、和希にもたれかかっていたらしい。

茉菜は自分の手のひらを見る。

この五年の間、必死に生きてきた。寝る間も惜しんで働いた。勉強もした。そうして今、この手につかんだものがある。

「あの人は誰なんだろう……」

茉菜の頭の中にあるのは、夫を名乗った別人のことだった。

翌朝、茉菜は仙台駅にいた。

昨夜和希は帰ってこなかったし、連絡も取っていない。和希からも連絡はなかった。帰ってこないことは、初めから計画していたことなのか、それとも偶然なのか。偶然であれば、家に帰ってから茉菜がいないことに気づくことになる。計画的であれば、もうあのアパートに帰ることはないだろう。

仙台駅を出ると、茉菜は寒さに首をすくめながら、バスターミナルへ向かった。

茉菜は普段よりも大きめのマスクをしていた。ここには昔の知り合いがいる。離れて五年経《た》つが、気づく人がいるかもしれない。できるだけ顔を隠しておきたかった。

もっとも、ずっと仙台に住んでいたわけではない。子どものころは近県を転々としていた。生まれたときに住んでいたのは青森だと聞いているが、それは数か月の話だ。親と一緒にいたころ一番長くいたのは岩手だったが、一か所に落ち着かない生活だった。長くて五年。短いときは三か月くらいで引っ越した。

仙台に来たのは、十六歳が終わろうとしていたときだった。そこから五年前まで、住んでいた。

電車の出発時刻が重なっているのか、多くの人が駅の方へ走っている。すれ違う茉菜は、できるだけ誰にも顔を見られないよう、うつむき加減で歩いた。何度か人にぶつかりそうになりながら、目的のバス停に着いた。

ここにはもう、二度と帰ってくるつもりはなかった。でも、和希が帰ってきたときと同じように、心のどこかで、やっぱりこんな日が来るような気がしていた。

日曜日の朝の郊外線のせいか、バスの乗客は茉菜を除くと三人しかいなかった。茉菜は後ろから二番目の、二人がけの席に座った。

昨日は一睡もできなかった。バスの車内は暖かい。普段なら、ウトウトするところだが、少しも眠くならなかった。

しばらくバスに揺られ、警察署の前で降りる。受付で茉菜が名乗ると、西垣という担当刑事がすぐに出てきた。

「遠いところ、ご足労いただきましてありがとうございます」

「いえ……こちらこそ日曜日に申し訳ありません」

「いやあ、警察はコンビニと同じく二十四時間営業ですよ。我々の場合、暇な方が良い仕事ではありますが、なかなかどうして、事件は早朝や夜間に起こることも珍しくないですから」

警察署にいなければ警察官だとは思えないくらい腰が低く、にこやかな笑みを浮かべていた。電話の声のイメージ通り五十歳前後だろう。想像より身長は高く、百七十五センチは超えていそうだ。ただ、これまた想像よりも横幅があり、かなりふくよかな身体《からだ》つきをしていた。

「こんな場所で申し訳ないですが、お入りください」

案内されたところは二畳弱の広さの、スチール製の机がある取調室だった。

「あの……」

茉菜が入るのを躊躇していると、西垣は顔の前で違う違う、と手を振った。

「取り調べじゃないです。適当な部屋がここしかないんですよ。さっきちょっと、騒いでいた連中を引っ張ってきて、署内が騒がしいんで。こちらが嫌でしたら、移動しても良いですが……どうされます?」

西垣が片耳に手をあて、耳を澄ます仕草をする。眉間にしわが寄った。

確かに誰かの声が聞こえる。小ぢんまりとした建物だということは、外観からわかっていたことだ。

「こちらで……」

すみませんね、と西垣は茉菜にパイプ椅子に座るように促した。

茉菜が座ったところで、もう一人男性がやってきた。西垣より若いが、茉菜よりは年上だろう。男性は戸口のところで、岩本《いわもと》と名乗った。

「俺一人で構わないと言っただろうに」

「西垣さんだけじゃ、女性が怖がりますよ」

「そう思うなら、女性警官を連れてきてくれ」

「出払っています」

仕方がないか、とボヤいた西垣も椅子に腰を下ろした。向かい合うと、本当に取り調べを受けているようだが、入り口のドアは全開にしてくれている。圧迫感は少し和らいだ。岩本は戸口のところに立ったまま話を見守るらしく、西垣が「さて」と口を開いた。

「最初に確認させていただきます。鈴倉和希さんはあなたのご主人で間違いありませんか？」

「はい」

「ご遺体のご確認を、と言いたいところですが、電話でも申し上げた通り、すでに白骨化しており、肉眼で判別できる状態ではありませんでした」

西垣は地図を広げ、ボールペンのキャップをしたまま、このあたりです、と丸で囲った。

「ご主人が発見された場所です。周辺の山の標高はそれほど高くありませんから、山菜取りやハイキング気分で山登りをする人が訪れることも珍しくはありません。が、あまり整備されていないので、ちょっと道をそれて転落、なんて事故がないとは言えません。ご主人がどこからどうやって転落したのかはわかっていませんが、この辺りはイノシシも鹿も熊も出るので」

「それは……どういう意味でしょうか？」

西垣はどう話そうか迷っている様子で、少し間を置いてから口を開いた。

「身体の全部が見つかったわけではない、ということです。恐らく死後のことだと思われますが、動物がどこかへ持って行ってしまった可能性も考えられます。逆に、転落した場所から動物によって移動させられたということもあるわけで……」

なるほど、と茉菜は思った。きっと身体の一部がみつからなかったのだろう。歯の治療痕で身元が判明したというのだから、遺体はかなり損傷していたはずだ。

「ご主人の行方がわからなくなったのは、いつごろですか？」

「五年前の三月です」

「なるほど……。検視と一致しますね。もっとも、こちらは細かい死亡日時を特定できなかったので、五年前の春ごろ、というところまでしかわかっていません。動物以外にも状況を難しくしているのは、民家にも人的にも被害がなかったので、全国的に報道はされなかったでしょうが、一昨年、この一帯で豪雨被害がありました。つまり崖崩れもあったということです。遺体が見つかった周辺は捜索しましたが、発見には至っておりません。奥様としては、悔しい思いもあるでしょうが、残るご遺体が発見されなければ、残念ながらこれ以上詳しいことを知るのは難しいとお考え下さい」

悔しい？

指摘されて気づいた。円満な夫婦であれば、そう思うのかもしれない。だが茉菜と和希は違う。悔しいという感情は少しも湧いてこなかった。

「見つかった遺体は一部ということですが、今後も捜索は続けるのでしょうか？」

「しませんよ」

答えたのは西垣でなく、戸口に立っていた岩本だった。

「すでに事故で処理されていますので」

「処理……」

茉菜が岩本の言葉に反応すると、彼は即座に「ああ、申し訳ありません」と謝った。だが謝罪は言葉だけで、態度は少しも反省しているようには見えなかった。

「岩本、黙っていろ」

「……はい」

西垣は「配慮が足りませんでした」とスチール机に額をつけるくらい頭を下げた。

「あなたにとって大切なご主人を、モノのように扱う言い方はよくありませんね」

「いえ……お仕事ですから」

「そう言ってもらえると、こちらは助かりますが……冷静ですね。五年も行方不明だったご主人が遺体で見つかったというのに」

「実感がわかないというか……どうしていいのかわからなくて」

嘘《うそ》ではない。戸惑ってはいる。ただそれが、本物の鈴倉和希が遺体として見つかったせいなのか、それともこの三か月間、一緒に過ごした鈴倉和希が偽者だとわかったせいなのかは、茉菜は判断がつかなかった。

西垣は持っていたボールペンを短い髪の中に入れて、頭をガリガリとかいた。

「まあ夫婦のことは、他人からわからんものだということは、私でもわかります。うちの妻は小柄で細いんです。ダイエットとは無縁の人生、と笑っているくらいに。なので私がケンカで負けるはずはないんですが、口げんかでは勝てたためしがない。親父《おやじ》にも言われました。口で女と勝負してはならない、と」

相づちを打つわけにもいかず、茉菜はそれで？　と目で問いかけた。

西垣は少し姿勢を正した。

「ご主人……鈴倉和希さんの捜索願が出ていないんですよね。旦那さんが行方不明になって、捜索願を出さないケースがないとは言いませんが、普通なら心配になって警察に助けを求めるはずです。何か理由でも？」

なるほど。この人はこれが訊《き》きたかったのか、と茉菜はようやく西垣の考えを理解した。

岩本はやれやれ、と言わんばかりに、腕組みをしたまためた息をついている。

西垣は事故という結論に、納得していないのだろう。

隠した方がややこしいことになると思えば、茉菜は正直に話すことにした。

「結婚生活は、口論が絶えない日々でした」

「夫婦喧嘩というヤツですか？　それなら私もしますよ。さっきも言った通り、口では妻にかないませんが。——鈴倉家はどうだったんですか？」

「うちは……私が少しでも夫の意見に逆らおうものなら、拳《こぶし》が飛んできました」

想定していたのか、西垣はすぐに言葉を重ねる。

「DVですね。それで我慢できなくなったあなたは、ある日崖から突き落とした、と？」

「違います！　私はそんなことしていません」

「まあ、普通で考えればそうでしょうなあ。見つかったご遺体から、ご主人が長身だったことはわかっていますし、あなたは見たところ……細身ですからね。男女差を考慮すれば、力勝負で勝つのは無理でしょう」

西垣から全身を舐めまわされているような視線を感じるが、性的なものとは違った。こいつは犯人か、そうでないか、それを見極めようとしているような視線だった。

「ちなみに、ご主人は山登りなどがお好きでしたか？」

「そういったことは……なかったと思います。でも山で育ったとは言っていましたし、知人と遊びに出かけることはあったようです。知り合う前のことですが、山道を走って楽しんでいたということも……」

「それは、陸上のクロスカントリー的な話じゃないですよね？」

西垣が訊《たず》ねているのは、バイクや車で暴走していたのか？　ということだろう。

茉菜はうなずいた。

「ちなみにあなたが東京へ行かれたのは、ご主人が行方不明になってからですか？」

これにも茉菜はうなずいた。

「離婚したいと頼んでも殴られました。でもどうしても別れたくて、話し合いをすることにしたんです。だけどその日……夫は帰ってきませんでした。直後に震災がありました。今なら逃げられるかもしれないと……」

「本来ならしかるべき機関に保護を頼めば良かったと思いますが、なかなか難しいことは、この仕事をしていればわかります。我慢に我慢を重ねた結果、悲しい結末を見る場合もあります。なぜもっと早く我々を頼ってくれなかったのか、と力不足を痛感します。とはいえ、警察にできることは限られています。だからこそ疑問を感じたのですが、住民票を移動させれば、追われるとは思わなかったのですか？」

「役所関係の手続きはすべて私がしていたので、あの人には気づかれないと思ったんです。住んでいる場所に移していた方が、何かと便利だったこともあって……」

「それでもですよ？　今はスマホでちょっと調べれば、何がどうできるかなんてことは、誰にだってわかるでしょう。追われる心配がないと自信があったからですか？」

「……どういう意味ですか？」

「ご主人がすでに亡くなっているという確信が――」

「西垣さん！」

岩本が声をあげた。

「それじゃあ、取り調べですよ」

西垣はイスをきしませながら、背もたれに背中をあずける。次に何を言われるのかと、茉菜は身構えた。

「実はね、親父にもう一つ、言われていたことがあるんです」

茉菜が「ん？」と小首をかしげると、西垣は「今の時代にはそぐわないかもしれませんがね」と前置きしてから説明を始める。

「女に口でかなわないからといって、手を出すのは絶対にダメだぞ、と。もちろん、男より腕っぷしの強い女だっていますが、一般的には違いますからね。それを知っている以上、絶対に手は出せません。まあ、妻の小言の大半は、私のだらしなさが原因ですから、小さくなって聞いているしかないんですが」

そう言った西垣は、言葉こそ穏やかだが、相変わらず険しい目で茉菜を見ている。

この質問は危険だと思いながら、訊ねずにはいられなかった。

「刑事さんは、私が夫を崖から突き落としたと思っているんですか？」

答えたのは岩本だった。

「こだわっているのは西垣さんだけですけどね」

「岩本、少し黙っていてくれないか」

「いえ、さっきも言った通り、これでは取り調べになってしまいますから、口を挟みます。DVを受けている事情があるなら、捜索願を出さないことは理解できます。遺体は切断されたものとは違うことは確認されています。転落したことも、発見された頭部の状況からまず間違いないともわかっています」

「そんなこと、俺だってわかっている」

「じゃあ、もう終わりにしてください。仕事は立て込んでいるっていうのに、事故って結論が出たこの件をいつまでもこうして……」

岩本の視線が茉菜に向く。西垣は茉菜を疑い、岩本は次を見ている。そして茉菜は、この件を引き延ばしたくない。

狭い室内は、各々の感情が交錯する空間になっていた。

最初にその空気を壊したのは西垣だった。別人のように、初対面のときと同じように穏やかな表情になった。

「山道には防犯カメラはありません。何より……すでに事故死と結論が出ていることですから」

西垣は証拠が見つけられないから、諦めたとでも言いたいのだろうか。

茉菜を見ていた岩本は、そうだ、と答えるようにうなずいていた。

結局、茉菜はＤＶがあったことを理由に、和希の遺体の引き取りを拒否した。

西垣は引き取ってくれる親族を探してみますと言っていたが、恐らくいないだろう。鈴倉和希も茉菜と同じく、家族とは縁の薄い人生だったはずだ。

バスで再び仙台駅に戻ると、茉菜は高架歩道から駅舎を眺めた。

「これで完全に終われるかな……」

声に出してつぶやいてみたものの、無理なことくらいわかっている。婚姻相手の鈴倉和希のことは決着がついたが、茉菜と三か月一緒に暮らした、もう一人の鈴倉和希は——。

「え?」

茉菜は反射的に振り返った。どこからか、名前を呼ばれた気がしたからだ。周囲を見回すが、知り合いはいない。日曜日の夕方だ。駅前は人出が多い。

……気のせい?

五年前まで住んでいたとはいえ、当時とは服装もメイクもかなり違う。マスクもしている。すれ違ったくらいで気づく人はいないだろう。

茉菜は駅の中に入り、新幹線の時刻を確認した。

タイミング悪く、たった今東京行きが発車したばかりだった。とはいえ、それほど待たずに次がある。茉菜は券売機の前に立った。

液晶画面で購入する切符の行先を選ぶ。『東京』にタッチしようと人差し指が触れる直前、

――茉菜。

その声はクリアに聞こえた。

後ろを振り返る。列はできていない。後ろも右も左も、茉菜から見える範囲には、やはり知っている顔はなかった。

気にしすぎだろうか。

茉菜が過去にとらわれているからだろうか。

そう思いたかった。しかし導かれているのか、誰かの手によって動かされているのかはわからないが、茉菜が今ここにいるのは、偶然とは思えなかった。

「……無理だよね」

茉菜はこの場所を離れると決めたあの日のことを思い出しながら、券売機の画面に指を伸ばす。

すべてがハッキリするまでは、まだ諦められない。何もかも捨ててここまで来たの

だ。

茉菜は発券された切符を持って、改札口を通った。

新幹線に乗車し、窓側の席に座った茉菜は、カバンから封筒を取り出した。

――オマエが殺した
そう書かれた紙が入っていた封筒だ。

ヒントになりそうなものは、日付と消印しかない。どこでも手に入りそうな封筒で、使われている切手も記念切手などではなく、ありふれたタイプの図柄だ。日本全国どこでも入手可能だろう。

茉菜は――ここ最近一緒に暮らしていた――和希のことを考えていた。

彼はいったい何者なのだろう。

記憶をなくしているのは嘘だとしても、瓜《うり》二つの顔立ちが気になる。まったくの他人で、姿かたちが同じだということは信じられない。

「生き別れの双子の兄弟……？」

ドラマのような設定で現実感はないが、これなら辻褄《つじつま》が合う。

和希に双子の兄弟がいたという話は聞いたことがない。ただ、本物の鈴倉和希の親は、物心つく前に離婚しているから、ありえなくはない。離婚した両親が一人ずつ子どもを連れていき、別々の場所で生活を始める。その後両親とも再婚し、新しい家族ができる。

もし和希に双子の兄弟がいたとしたら、引き離されたもう一人の子どもはどうだったのだろう？

幸せな毎日を過ごし、温かな家庭に育つ。茉菜がずっと求めていたような「普通」の生活。

茉菜が知らないところで、二人の「和希」が連絡を取っていた可能性は……わからない。とはいえ、この三か月一緒に暮らした鈴倉和希がどこかのタイミングで自分に兄弟がいることを知ったとしても、不思議ではない。そして調べていくうちに、行方不明であることにたどり着く。どうやって居場所を探すか？

その時点で捜索に行き詰まるはずだ。ただ戸籍などから結婚していることを知り、妻である茉菜のところへやってきた。目的は……。

「本物の鈴倉和希が、現在どうしているかを知るため」

少なくとも東京の茉菜の元へやってきたのは、鈴倉和希の行方を知るためだったに違いない。その最中、茉菜がストーカー男に絡まれ、見過ごすわけにもいかず「夫」のフリをする。

もしかすると、穂高が言い寄っているタイミングで現れたのも偶然ではなく、その前から茉菜を見張っていたとしたら――そして記憶がないフリをして、茉菜との生活を始める。なぜ自分の兄弟が行方不明になっているのか、今どこにいるか、その情報をつかむために。

この推理が当たっている自信はないが、そもそも別人であれば、暴力的な部分がないのも当然だ。

「すみません、お隣よろしいですか？」

窓の方を見ながらそんなことを考えていたら、茉菜の頭の上から声がした。気がつけば新幹線は駅に停車していた。

日曜日のせいなのか、何かイベントでもあったのかわからないが、車内はかなり混んでいる。茉菜は二席並びの窓側にいたが、ほぼどの席も埋まっていた。

「あ、はい。どうぞ」

すみませんと言いながら、茉菜の隣に男が座った。三十歳前後だろうか。和希と同じくらいだろう。

出張かと思ったが、それにしては服装がカジュアルだ。荷物はボストンバッグと、オモチャ店の店名が入ったビニール袋。左手の薬指には、シンプルな銀色の指輪をしていた。

単身赴任の休暇で、これから家に帰る。待っているのは妻と幼い子ども。もっと早く帰るつもりだったが、平日は忙しく後回しにしていた部屋の掃除をしていて、夕方になってしまった——と、茉菜は正解を知りようのない想像をした。

良いな、と思う。自分を待っていてくれる人がいる場所に帰る。明かりがついている部屋と、お帰りと言ってくれる人たち。

つかの間、茉菜はそんな時間を味わってみた。だが今なら、見てはいけない夢だったとわかる。

いや、夢ですらない。幻だった。

和希の言葉も振る舞いも、優しさすら演技だったのだから……。

新幹線は宮城県を越え、岩手県に入っていた。茉菜は仙台駅で上りではなく、下りの新幹線に乗って、盛岡へ向かっている。

今日中に帰れなければ、明日の出社に間に合わないかもしれない。今までは少しくらい体調が悪くても、仕事は休まなかった。それなのに最近の自分は、何をしているのだろう、と思う。

元の生活に戻るには……茉菜の脳裏に一瞬、その方法が思い浮かぶ。

だがそれは危険すぎる。

でもあのころの生活には戻りたくない。

心が振り子のように揺れる。

誠心誠意頼んでみれば、あの和希なら茉菜の願いを聞き入れてくれるかもと想像するが、やはり次の瞬間には、無理だろうと思う。

あの和希は幻想だ。思い出に惑わされてはいけない。

茉菜は何度も何度も、自分にそう言い聞かせていた。


盛岡駅に降り立った茉菜は、荷物を駅のコインロッカーに入れて、バス乗り場へ向かった。市内のバス路線の案内図を確認する。各地を転々としていたせいか、記憶が入り乱れているが、住んでいた地名は覚《おぼ》えていた。

目的の場所は最終バスの時間が早い。行くことはできるが、駅方面に戻るのは難しいかもしれない。それでも、帰りはどうにかなると思いバスに乗った。

盛岡に住んでいたのは仙台に出る前。十五歳から十六歳くらいのころだった。子どものころに思った「どうして?」「なんで?」という感情は、もう抱かなくなっていたころだ。それでも、まだ物分かりのいい大人になれる年齢ではなかった。知ってしまえば欲しくなるから、極力外の世界を見ないようにしていた。

だけどそれは無理だった。見える世界に欲しいものが入ってくれば、つかまずにはいられない。まともな恋などできるわけがないと思っていたが、偶然そんな機会がやってきた。恋愛中は不思議なもので、つかんだ結果、どうなるかなんてことはあまり考えない。頭の片隅で、きっとこの恋はうまくいかないだろうと思っていても、どこかで自分は大丈夫と考えてしまう。

恋はアルコールの酔いと似ている、と思う。酔っているときは現実的な判断ができない。だけど、時間が経つと徐々に頭が冷えてくる。そして、完全に酔いから覚めたときに気づくのだ。永遠に酔い続けることは無理だと。

最後に残るのは、楽しかったいくつかの記憶と、苦い思い出と、頭の痛い事実。そしてまた、新しいアルコールを見つけると、結末を知っていても手を伸ばしてしまう。自分の学習能力のなさに呆《あき》れるしかない。

バスから降りると、茉菜はいったん立ち止まった。バス停の名前は覚えていたが、十年以上前に住んでいた場所の風景は、想像以上に変化していた。しかもほとんど人通りのない住宅街で、空き地や空き家も多い。

それでも近所にあった七階建てのマンションを見つけると、薄れた記憶と番地を頼りに、茉菜はそれほど広くない道路に面した、一軒のアパートの前に立っていた。

時代を感じさせる木造のアパート。外階段の錆《さ》びた手すり。切れかかった共用通路の電灯。

それらはすべて、新しいものに変わっていた。外から階段は見えない。二階建てのアパートはベージュと茶の落ち着いた色の外壁で、自転車置き場には、小さな子ども用の自転車もあった。昔はワンルームだったが、ファミリー向けの集合住宅に建て替えられたらしい。

茉菜はゴミ置き場に近づいた。居住者専用の看板が掲げられている。ステンレス製のゴミ置き場は蓋がついていて、外から中のゴミが見えない作りになっていた。

「茉菜」

背後から呼びかけられた。声は近い場所から聞こえた。

この声を知っている。振り向かずとも、顔がすぐに思い浮かんだ。

——逃げなきゃ。

茉菜は急いで大通りの方へ向かって走り出した。住宅街には逃げ込めそうな場所はないが、大通りに行けばコンビニやドラッグストアがあったのをバスの中から見ていた。

どうして？　あとを付けてきた？　どこから？　仙台から？　それとも東京から？　東京からここまで付けてきたなら、茉菜が警察に行っていたことは知っているはずだ。もし、何かの方法ですべてを聞いていたら……。

茉菜は走った。力いっぱい足を動かした。

車が横を通り過ぎる。茉菜が手を振って助けを求めても、見向きもされない。

足音がどんどん近づいて来る。このままでは追い付かれてしまう。

「茉菜！」

声はすぐ後ろで聞こえた。

大通りを走る車のライトが見える。あと少し。もう少し。

だが大通りに出る直前で、茉菜は右肩をつかまれた。

「やめてー！」

肘を回すと肩にかかった手は振りほどけたが、今度は口をふさがれる。

「静かにしろ」

茉菜は必死にもがくが、後ろから抱え込まれると身動きができない。息が苦しい。

助けて。誰か助けて――。

視界がかすむ。耳元で、ガッと硬い何かがぶつかるような音がした。それまで茉菜を押さえつけていた力が緩んだ。

「大丈夫？」

目を開けると、和希――を名乗っていた男が、柔道の寝技のようにして穂高を押さえ込んでいた。

「……どうして？」

和希の顔を見た途端、茉菜は泣きそうになった。頼ってはダメだと思っているのに、嬉《うれ》しくなってしまった。

「そんなことより、怪我《けが》は？」

「大丈夫……だけど」

ホッとした様子の和希は、腕の力をさらに強めた。

「しつこいんだよ！　もっと痛い目に遭わないと、わからないらしいな」

「お……俺は何もしていない！　ただ、声をかけただけだ」

穂高は身体の自由は奪われても、反論だけはやめなかった。

「ただ声をかけたヤツが、後ろから羽交い絞めにするか。しかもあとを付け回して」

「あとを付けたりなんか……たまたま、同じ場所を歩いていただけだ。偶然だ、偶然！」

「そんなの信じるわけがないだろ。やかましいから、それ以上しゃべるな」

和希は穂高を押さえ込んだまま、茉菜の方を向いた。

「警察は？」

瞬時に西垣の顔が浮かぶ。彼は自分を疑っていた。これ以上、厄介ごとを知られたくなかった。

茉菜が首を横に振ると、和希も予想していたのか「わかった」と受け入れ、穂高の耳元でささやいた。

「二度と、絶対に、彼女の前には現れるなよ」

小声なのに、背筋がゾッとするほど冷たく聞こえた。

和希は手を放して穂高の腹を蹴る。穂高は身体をくの字に折ってうめいた。かなり苦しそうだ。

「大丈夫なんですか？」

「こんな男の心配するの？　本気で蹴ってないし、骨までは折れていないよ。一応気を使って、車にひかれない場所に転がしておいたし。ただ、この男はまた現れるかもしれない」

他に対象がいなければ、あり得るかもしれない。でも今の茉菜には、穂高のことまで考えている余裕はなかった。

和希はそれ以上穂高については触れず、茉菜の手を引いて歩き始めた。この辺の道を知っているのか、迷いのない足取りだ。

大通りに出ると、明るいライトがコンビニの看板を照らしていた。交通量の多い道路わきを歩いているせいか、車の排気音がうるさい。茉菜は幾分声を張り上げた。

「あの……格闘技の経験があるんですか？」

「ボクシングと柔道を少々。ボクシングはかじった程度だけどね」

鈴倉和希でなかったとすれば、記憶喪失も怪我もしていないはずだ。だとすれば、今話しているのは本当のことだろう。それに穂高への対応を見れば、素人の茉菜でも身のこなしが別物と分かる。嘘だとは思わなかった。

「素手で殴って痛くないんですか？」

「そりゃ痛いよ。ただ、攻撃する側は受ける側よりダメージは少ないから。こっちはタイミングや場所を見て殴るし」

「ああ……」

そうだったかもしれない、と思うのは、茉菜はいつも殴られる立場だったからだ。受け身が取れない状況でくらう攻撃は、少しの力でもひどく痛い。年齢によって受ける暴力の種類は変わっていったが、いつだって茉菜は痛みを感じていた。

ただ目の前の男は、茉菜を殴らなかった。自分の感情だけで触れてくることはしなかった。裏に何があったかは知らなくても、この人を憎めないと思うのはそれがあるからかもしれない。

「君はそんなことを俺に訊きたいの？　ほかにもっと知りたいことがあるんじゃない？」

和希は足を止めて、茉菜の方を振り返った。

「あなたの……本当の名前は？」

その質問は予想外だったらしく、和希は少し驚いたように目を見開いた。

「最初に知りたいのはそこ？」

「だって……」

「鈴倉和希でも良いけど？」

「それは……」

茉菜が言い淀《よど》むと、和希——を名乗っていた男は言った。

「俺は遺体と同じ名前で呼ばれてもかまわないよ」

やっぱり知っていた。

「どうやってそれを？」

「鈴倉和希が死んでいたってこと？　それも茉菜と同じタイミングでいいよ」

「……電話の盗聴？」

「どうかな」

はぐらかしているが否定はしない。

ということは、電話以外にも茉菜の行動を見張っていたのだろう。三か月も一緒に生活していれば、カメラやマイクなどを仕込める機会はある。

「その顔は整形？　それとも生き別れの双子の兄弟？　あるいは他人の空似？」

和希は茉菜にぐいっと顔を近づける。

「それは俺の方が訊きたいよ。なぜ俺を、鈴倉和希と思ったの？」

「なぜって……似ているから」

「似ている……か」

その表情からは、和希の感情が読めなかった。ただ、悲しそうにも、困っているようにも見えた。楽しそうでないことだけはわかった。犯人を追い詰めて、喜んでいる表情には程遠かった。

自分の意思でやってきたのにどうして？

そう疑問を感じた茉菜は、さらに質問を重ねた。

「どうして鈴倉和希になろうとしたの？」

「それを一言で説明するのは難しいかな」

和希自身も困惑している様子だった。

嘘には思えないが、和希の目的がわからない今、茉菜はとるべき行動に悩む。

だが腕力では和希に勝てない。逃げるのも難しいだろう。

「そんなに悩ましい顔をしなくても、名前くらい教えるよ。佑馬《ゆうま》だ」

「苗字は？」

「とりあえずタクシー捕まえて駅の方へ戻ろう。この辺じゃあ、泊まる場所もないし寒いから」

佑馬は茉菜の手をしっかりと握っている。今、茉菜がわかるのは、つないだ手が温かいということだけだった。

盛岡駅に戻ると、ロッカーから荷物を出し、近くのビジネスホテルに入った。年季を感じるフロントでチェックインをするとき、佑馬は「どうする？」と茉菜に訊ねる。何を？と訊き返す必要はなかった。

「一緒で」

今さらだ。佑馬が鈴倉和希でなくても、茉菜と過ごした時間があったことは変わらない。それに外部に聞かれたくない話になるのは目に見えている。

佑馬が宿泊者カードに記入した住所は、茉菜の東京のアパートのものだったが、名前の欄には「和田《わだ》佑馬」と書いていた。和田という姓に心当たりはなかった。

エレベーターで十二階まで上がる。ホテルの部屋に入ると、佑馬はまた同じことを訊ねてきた。

「どうする？」

今度は何を問われているか、わからなかった。茉菜が戸惑っていると、佑馬は人差し指で二台のベッドを交互に指した。

「壁際と窓際、どっちがいい？」

「ああ……」

同居生活は佑馬が茉菜の部屋に転がり込む形で始まった。近場の公園やショッピングモールに出かけたことはあっても、旅行などしたことはなかったから、当然こんな話もしたことがなかった。

ホテルのベッドなど、どちらを選んでも違いはない。部屋も広いというほどでもなく窓も小さめだ。窓際の方が若干、テレビが見やすいくらいだった。

「どっちでも……」

「じゃあ、俺はこっちを使わせてもらうよ」

佑馬は窓際のベッドを選んだ。テレビのリモコンを手にしてベッドに上がる。壁に背中をあずけると、テレビをつけてチャンネルを変え始めた。

緊張感のない様子は、家にいるときと変わらない。だが、単純に場所を移動しただけではなかった。

茉菜は隣のベッドに腰掛けて、佑馬の方を向いた。

「それにしてもあの男が、こんなところまで追ってくるとは、さすがに想像していなかったよ」

「……穂高のことですか？」

「他にもストーカーがいるの？」

佑馬だってこんなところまで追ってきたのに、と思ったが、さすがに穂高とは比べられない。

「油断していると、また付きまとわれるよ」

「まさか」

「その油断が危ないんだって。一度は消えたと思ったのに、また出て来たんだから、暖かくなったころにまた、湧いてくるんじゃない？」

「虫じゃないんですから……。でもどうやって、穂高は私の居場所を……」

「あとを付けていたんだと思うよ。あの男は単純そうだし、調べ上げて先回りするとかできなそうだし」

佑馬の目が鋭さを増す。テレビの方を向いているのに、瞳は全く別の方を向いているように見えた。

「たいていの人間は探そうと思えば探せる。人の存在を消すのは、考えるより難しいから。……例外もあるけど」

「例外？」

「うん、どんなことにも例外はある。穂高にしても、俺もまさかもう出てこないだろうと油断していたから、例外の一つかもしれない。アイツはきっと、茉菜の前にも付け回していた人がいるんだろうね。手慣れている」

「なぜ私なんでしょう……。世の中にはもっと良い人が、たくさんいるのに」

未婚だと思われていたことと、上司の言うように、先輩より若いということくらいしか、好かれそうな要素が思い当たらない。仕事ができたわけでもなく、頼りになるような存在でもなかったのだから。

それとも、バカだから御しやすいと思ったのだろうか。無知な人間を言いくるめるのは簡単だと思われたのだろうか。

――アンタは賢い子だねえ。

――君は、バカなんかじゃないよ。

――すごーい。センスあるよ！

茉菜にそう言ってくれた人たちがいる。その言葉は茉菜の支えになった。でもその反面、いつも心の底には、別の言葉がこびりついていた。

――バカな子だね。役立たずが。

繰り返し、繰り返し言われたその言葉は、呪いのように茉菜を縛る。逃げ出そうとしても、暗闇から突然手が伸びてきて茉菜を捕まえる。

「あの男に優しくしたこととかなかった？」

「え？」

「仕事中の君のことは俺にはわからないけど……ほら、前に一緒に出かけたとき、獲物を狙う動物みたいって俺、言ったよね？　きっと仕事しているときも、自覚ナシに厳しい目をしていることがあるんじゃないかな、と思ったんだけど」

「それは私がまだ、未熟だから……」

「未熟かどうかはともかく、仕事を始めて二年目ならできないことがあるのは当然だと思うよ。少なくとも先輩たちと全部同じにできたら、先輩や上司の立場がない」

「似たようなことを、上司にも言われました。でも——」

「それでも仕事を任されるのなら、頑張っていることを、周囲はわかっているってことだよ。で、必死に食らいつこうとしている姿を見ていて、ある日優しい部分なんて見せられたら——ギャップ萌え？　みたいな感じで惹《ひ》かれたんじゃない？　そういうのに弱い男はいるから」

優しくした覚えはない。ただ、相手からはそう見えていたかもしれない、と言われたら否定はできない。

ストーカーがどう思ったかは考えてもわからないし、穂高に対する恐怖はもちろんある。だが彼のことはどうでもいい。警察に相談したところで、茉菜が望むことをしてくれるとは思えなかった。そればかりか、穂高が佑馬に暴力を振るわれたと証言をしたらどうなるか。そちらの方が気がかりだ。

「俺のことは心配ないよ。それに、穂高がストーカー行為をしていたという証拠はあるし」

「え？」

茉菜の無防備さを呆れているのか、当然、とばかりに佑馬は言った。

「そうでなければ、さっきアイツを放していないよ。被害の証拠を残しておかないと、警察は個人が望むほど動いてはくれないから」

「いつの間に……」

手際が良い。というよりも手慣れているように感じた。いったい佑馬は何者なのか。

そして何のために茉菜の前に現れたのか。

佑馬はゆっくりと唇を引いて、それまで見たことのない、少し冷たい笑みを浮かべた。

「ところで、こっちには今も君の知り合いはいる？　家族はどうしているの？」

何がおかしい？　何に引っかかっている？

——佑馬と鈴倉和希の関係……。

もしかしたら、自分は何か思い違いをしているかもしれないと思った。考えてみれば和田佑馬という男性がどんな人物なのか、茉菜は何一つわかっていない。

そもそも他人に成りすまそうとする人間だ。言っていることを鵜呑《うの》みにしていいわけがなかった。

その男と、ホテルの一室に二人きりだ。

だが不思議なことに、それでも茉菜は、佑馬から逃げ出そうとは思わなかった。一緒に過ごしたこの三か月が嘘だとは思えなかったし、思いたくなかったからかもしれない。

佑馬はテレビの電源を消した。部屋の中がしん、とした。

「こっちに知り合いはもういません」

「本当に？」

佑馬は何を訊こうとしているのだろうか。茉菜は佑馬の真意がわからず、答えられない。

「ま、さっきも言った通り、調べてもわからないことはあるからね。ただ、わからないことでも想像はできる。茉菜の周りの人たちが、今どうしているのかを」

冷たく響く佑馬の声に、茉菜の背中がゾクッとした。

「時間がかかっても、俺は知りたかったんだ」

「何を？」

「真実」

この人から逃げられないと思った、そのとき。

茉菜の頭がふらつく。――違う。動いたのは茉菜ではない。

佑馬がベッドの上で上体を起こした。

「地震だ！」

建物が激しく揺れている。恐怖が記憶の底からせりあがってきた。

ガタン、と音がする。壁にかかっていた絵が落ちた。テレビが動き、電気スタンドが今にも倒れそうなほど揺れている。

「いや――！」

茉菜の意識があったのは、そこまでだった。

◆◆◆

都会の人は冷たいと言う人もいるけれど、私はそうは思わなかった。

人口が多いのだから、数だけなら、田舎より冷たい人は多いだろう。だけど人が多い分、自分と違うことを受け入れてくれる人もいるし、田舎にいたころは少数だと思っていた私と、似たような人を見つけることは、それほど難しくはなかった。

仙台に出てきた最初のころは、親から離れて初めて得た自由に喜んだ。が、同時に戸惑いもした。

知識も経験も、身元を引き受けてくれる人もいない私にできる仕事は限られている。おまけに寝る場所もない。それでも相手を見つけて一瞬の恋に落ちれば、その日生きていくくらいのお金は手に入った。

根無し草をしていたのは十か月ぐらい。そのうち、よく声をかけてくる男性の紹介でお店に入った。住むところもその店の紹介で手に入れた。事務所で待機して、連絡が来ると男性とホテルに行く。これが一番、手っ取り早くお金になった。職業に貴賤があるかないかは、考えないことにした。考えたところで、お金にならないとわかったからだ。それに、自分の意思で抱かれるなら、それまでよりもずっとマシだと思えた。

たまに本気で好きになりそうな人もいた。優しくて、話を聞いてくれて、嫌なこともしなくて。

だけど、どんなに優しい男性でも、私とその人の間にはお金が介在した。お金が邪魔をした。だからきっともう、私には普通の恋愛は無理だと思った。セックスがあるかないかじゃなくて、話しているだけで楽しくて、手が触れるだけでドキドキして、笑ってもらえると嬉しくて、隣にいるだけで安心できる人と恋をするなんて、望めないのだと思った。

そんな私が、二十歳になったころ、初めて同性の友達ができた。店で一緒に働く寧々《ねね》という女の子だ。寧々は年齢も同じで、家を飛び出してきたことも一緒。テレビで一緒に好きなタレントを見て、お酒の味を覚えた。洋服の貸し借りもした。とはいっても、私はそれまで自分の服装を気にしたことはほとんどなかった。気にする余裕もなかった。目立つな、オマエなんかに使う金はない、無駄な存在のクセに。そんな風に言われていたし、稼いだお金のほとんどは親にとられていたからだ。だけど家を出たあとは違う。自分のためにお金を使い、欲しい服も化粧品もそろえることができた。

ほとんど何も知らない私に、寧々は一緒に買い物に出かけ、たくさんアドバイスをしてくれた。ずっと過ごすことのできなかった学生の放課後のような時間を、味わうことができた。服の組み合わせに悩んで、試着室にアレコレ持ち込んで、最終的に決めた一着がお気に入りの洋服になったとき、こんなに楽しいことがあるのかと世界が広がった。

寧々の格好《かっこう》はどんどん派手になっていった。そのうち既製の服では物足りないと、買ってきた服に自分で手を加えるようになった。整理整頓の苦手な寧々の部屋はいつも洋服で溢《あふ》れていて、そのせいか、二人で会うときは決まって私の部屋だった。もっとも住んでいるのは同じアパートの一階と二階だから、時間さえ合えばほとんど一緒にいた。

「このビーズとストーンを首元に付けて、裾にリボンを付けたら可愛《かわい》いと思わない？」

寧々のセンスは独特だった。可愛いと思うこともあれば、微妙と思うこともあった。私たちの関係がうまくいっていたのは、私が微妙と言っても、寧々が怒らなかったからだ。じゃあ他に良いアイディアある？　と訊ねてくれた。

「んー……裾にリボンを付けるんじゃなくて、いっそのこと、裾の方に切り込みを入れて、リボンを編み込むようにしたらどう？」

相談されることが増えると、私は道行く人の服を眺め、お店の前を通るときは、どんな風に作られているかをチェックするようになっていた。いつでもアイディアを出せるように準備していた。もともと考えることは嫌いじゃなかったらしい。これは新しい発見だった。

私の提案に、寧々はすぐに乗ってきた。

「あ！　それ良い。そうしよう」

「でも洗濯したら、生地がほつれちゃうかも。本体の生地を切っちゃうから」

「そっかあ。でもそのデザイン可愛いから、その案捨てるのは惜しい。ってか、私それ着たい！　えー、どうにかしたいなあ。して欲しい！」

私がしたことは、売っている服をほんの少しアレンジしただけだ。だけど、それが良い、それを着たいと言われると、嬉しかった。何とかしたいと思った。

そこから私は、ネットを検索し、書店へ行き、手芸店へ通うようになった。ミシンも買った。私の部屋には多くの洋裁道具がそろった。デザインを相談されるたびに、どうやって応えられるか、考えることが一番の楽しみになった。

半年も経つと、自己流ではあるが、私はアイディアを形にすることができるようになっていた。

この日も寧々は新しい洋服を手に、私の部屋に来ていた。

「上手くなったよね」

「そんなことないよ。見よう見真似《みまね》だし」

「ううん、凄《すご》いよ。手先が器用だし、センスも良いし」

「私は別に……。寧々のアイディアのおかげだよ」

「謙遜しなくていいから。もっと自分に自信持ってよ」

「でも……」

「お世辞なんかじゃないからね。お世辞はお客さんのために取っておくよ」

二人で顔を見合わせて笑った。確かにそうだ。客にはお世辞を言って、気持ちよく帰ってもらう。そうすることで、次も指名してもらえる。自由にお金を使えるのは幸せで、そのためのお世辞は苦痛ではなかった。

それでも、一年、二年と過ごしていると、いつまでこの仕事を続けるのだろうかという不安を覚え始めていた。若いうちは良い。だけど……。

四十代になっても風俗で働いている人はいる。一方で、いつまでもしたくない、というのも同い年くらいのコたちの間では、よく交わされる会話だった。

　でも、私は結婚なんて絶対にできない。学校も行っていない。今住んでいる場所も自分の名義で借りたものではない。この生活から離れることは、私には不可能だった。

　そんな不安を吐露すると、寧々はあっけらかんと言った。

「デザイナーになれば良いのに」

　寧々の突拍子もない提案に、笑いが込み上げた。

「私が？　ナイナイ、絶対無理」

「無理じゃないよ。前にテレビで見たよ。なんかね、全然違う業界からファッション業界に飛び込んだ人がいたって。デザイナーに資格とかいらないでしょ？」

「お医者さんとかとは違うとは思うけど。でも普通はそういう……専門学校とか、大学で勉強するんじゃない？　洋服のこととか、デザインのこととか」

「じゃあ学校行けば？　大学は入るのが大変かもしれないけど、専門学校なら入れるんじゃない？　私の中学のときの同級生もペットのトリマー？　とか美容系とか、専門学校に入っていたよ」

「入学試験はそんなに難しくはないだろうけど……高校、卒業していないとダメなんじゃないかな？」

「えー、中卒はダメなの？」

「学校によっては、入れる場所もあるかもしれないけど」

寧々は高校を中退している。だから学歴は中卒扱いになる。高校二年の途中までは在学していたというが、寧々が話したがらないから、私も詳しくは聞いていなかった。

私は、高校にいかなかった、と寧々に話しておいた。嘘ではない。ただ、いかなかったのは高校だけではないだけだ。私に勉強を教えてくれる人がいなければ、ろくに文字も読めなかっただろう。

「仮に中卒で入れる学校があったとしても、お金が凄くかかるんじゃないかな」

「奨学金は？　使ってる子、結構いるって話だよ」

「うん、でもほとんどの場合、返済義務があるから……」

「えー？　あれって返すものなの？　もらえないの？」

寧々は初耳とばかりに驚いていた。

「えっと……もらえるのもあるし、返すのもあるんだと思う」

「じゃあ、もらえば良いじゃん。友達の友達の中には、もらっているって人もいた気がするし、うまくすればきっともらえるよ」

寧々の情報は、つぎはぎだらけで、おまけにところどころ穴が開いている。どういう人がもらえて、どういう人が返さなければならないのか、理解していないらしい。

だから私は、笑って「そうだね」と答えておいた。

どんな形であれ、私が奨学金を借りることはできない。銀行系のローンも不可能だ。

それでもお金は貯《た》めれば済む。根本的な問題は、そこではなかった。

「私のことより、寧々はこの先したいことはないの？」

「恋がしたい！」

私は吹きだした。

「いつもしているじゃない」

「そうだけどー、恋をして幸せになりたいの」

寧々は少しくたびれたクッションを抱いて、フローリングの床をゴロゴロする。私は慌てて、新品の寧々の服を部屋の隅に寄せた。

「今の恋は幸せじゃないの？」

寧々は付き合う相手がコロコロ代わる。長くて三か月。短いときは三日なんてこともあった。いつも次は結婚するからと言っているし、付き合い始めは熱湯のように熱いけど、真冬のお風呂みたいに、すぐに冷めてしまう。

こんな仕事をしていると、恋愛に関する心と身体の境界線が曖昧になる。好きか嫌いかで、肌を合わせているわけじゃないからだ。

「今もそれなりに幸せだけどー、最高に幸せな恋がしたいのー」

「寧々が過去最高に幸せだった恋の相手って、どんな人だったの？」

クッションに顔をうずめた寧々は、んー、と言ったと思うとしばらく黙っていた。

「誰かなあ」

寧々の声がくぐもって聞こえる。クッションのせいで表情がわからない。言いたくないことだろうか。

最近の恋愛話は細かなことまで聞いているが、私と知り合う前のことは、寧々もあまり語ろうとはしない。

幸せだったら、家を飛び出したりはしないことくらい私もわかっている。心地よい場所にいられるのなら、ずっとそこにいるはずだ。

寧々がクッションから顔を上げた。

「私のことより、そっちこそ、今までで幸せな恋はなかったの？」

「あったよ」

私が即答したせいか、寧々は意外そうな表情をした。へえ、と声には出さないけれど、口はそう動いていた。

たった一度だけ、恋をしているときの幸せな気分を味わった。大切にしてもらい、私も大切にしたいと思える相手だった。

　ただ、幸せは続かなかった。何もかも受け入れてもらえる、と思ったのは錯覚だった。あとから考えれば当然のことだったけれど、外の世界を知らなかった私には、気づけなかった。気づいたときにはすべてが終わっていた。

「好きだった分、ダメになったときが辛いよね」

　寧々が突然、私の手をつかんで「わかる！」と言った。

「わかるよ、わかる。そうなんだよね。一緒にいられるだけで幸せって思ったのに、それがダメになったときって、生きているのも辛くて……。ホントそう。いるだけで良かったの。同じ時間を過ごして、同じものを食べて、雪が降っているのを一緒に見て、ただ抱きしめてもらうだけで幸せだったの」

　興奮して一気にしゃべったからか、寧々の顔は真っ赤だった。

「話したくなかったら話さなくて良いけど……寧々が家を飛び出したのは、その人とのことが理由なの？」

　寧々は黙っていた。でもそれが答えなのだとわかった。

　よほど反対されたというのだろうか。相手の親が、寧々との交際を認めなかった？

それとも、寧々の親が相手を認めなかった？

目には薄《うっす》らと涙をにじませつつも、寧々は口元に笑みを浮かべた。

「男なんて、星の数ほどいるって言うけど、本当に好きになれる人なんて、そんなにいないよ。誰でも良いってわけじゃないんだから」

「……うん」

「私、母親に似ちゃったのかなあ……」

寧々の母親も離婚歴があるらしい。ただ私の母親とは違う。いつもこれが最後の恋と言わんばかりに熱くなり、婚姻届を提出するが、結局ダメになるのだという。

「お母さん、優しいところもあるんだよ。運動会とか、三段重ねのお弁当を作ってくれたり、病気になれば寝ないで看病してくれたり。まあ、私は歯医者にも行ったことがないくらい病気もしなかったから、そんなことはほとんどなかったんだけどね。でもそれって、恋をしていないときの話なんだよね。恋愛するとダメになるし、生き方にだらしがないの。しかも残念なことに、惚《ほ》れやすくて飽きっぽいの。すぐにコロッといっちゃうんだから。付き合った人のなかには凄く良い人もいたけど、口下手でわかりづらかったりすると、別の人の方が良く見えるみたいで」

「そこは、寧々と同じじゃない？」

「やっぱりそう思う？　だよね。……似たくなんかないのに」

そのつぶやきは、嫌悪を含みつつも、どこか諦めているような感じがした。

家を飛び出して仙台へ来た寧々は、一、二回しか母親と連絡を取っていないという。だからたまに、思い出すらしい。

私は残してきた母のことを思い出すことはほとんどなかった。寂しいと感じたこともなかった。むしろ離れてホッとしている。一緒にいても、人ではなく物のように扱われていたから、楽しい思い出など、何も持ち合わせていなかった。

母親は自分の気分がすべてで、私のことなんか、視界に入れるのも嫌がっていた。私が小さいころ、高熱を出しても放って遊びに出かけた。熱を出す私が悪いと叱られた。新しい男ができればそっちに夢中になり、気まぐれですら、愛してくれなかった人だった。

だから、母親のようにはなりたくないし、絶対にあんなクズのようにはならないと、心に決めていた。

寧々に恋人ができると、私と過ごす時間が少なくなる。そんなものだと思っていても、少し寂しい。だけど「少し」と思うのは、寧々の恋愛は長続きしなかったから、しばらく待てば、また一緒にいる時間が増えると知っていたからだ。

知り合ってから三年ぐらいが経ったころ、寧々がひどく興奮した様子で私の部屋へやってきた。

「子どもができたの」

最初、寧々のお腹《なか》の中にいる赤ちゃんは、父親のわからない子どもかと思った。私の表情から、その考えは透けて見えたのだろう。寧々は力強い目で私を見た。

「絶対、彼の子だよ。そりゃ、昔は結構危ないこともしてたけど、最近は大丈夫。気をつけていたから」

絶対の大丈夫なんてないのに、と思ったけれど、今さら確認したところで遅い。

「……産むの？」

「もちろん！」

「彼はなんて言っているの？」

「私の好きにして良いって」

「結婚は？」

「それも、私がしたければするって」

寧々は意気揚々としていた。

私は不安を感じた。一見、寧々の希望を叶えているようにも聞こえる。けれど相手の男はすべて受け身だ。一緒に考えていない。

　こんなやり取りを、私は母親のときに何度も見ている。そしてその結末は、どれも幸せなものではなかった。

　寧々が私の母親と同じ未来をたどるとは限らないが、危険な香りがする。

「大丈夫？」

「大丈夫だよ。心配性なんだから。それより、そっちこそいつもと様子が違うんだけど、何かあった？」

「え？　ううん、何でもないよ……」

　ふーんと、寧々は釈然としない様子だったが、それ以上問い詰めてくることはなかった。自分が妊娠したことで頭がいっぱいなのだろう。

　正直なところ、私は助かったと思った。今、追及されたら話してしまいそうになる。でもまだ、私は心の中の整理ができていない。これまでのこと、これからのこと。

　永遠にこのままだと思うと胸が苦しい。

　まだ膨らみのないお腹に手をあてて、嬉しそうにしている寧々を見ていると、その十分の一の幸せでさえ、自分は手にできないのだろうと思った。

数日後、寧々は店をやめて、婚姻届を提出した。

友達が遠くに行った感じがして、寂しさを覚えた。今度の寂しさは「少し」ではなかった。それでも寧々との関係が切れたわけではなかった。

寧々が結婚してから、住むところは離れたが、仕事を辞めて時間があるせいか、日中はよく私のアパートに来た。妊婦健診で撮影した胎児のエコー写真を見せてもらったこともあった。

「可愛いでしょう」

寧々の目がキラキラしていた。

「んー……」

正直なところ、エコーの写真で可愛いも可愛くないもなかった。でも、寧々は愛《いと》おしそうにその写真を見ていた。何より私には、子どものことよりも、気がかりなことがあった。

寧々の襟元からのぞく肩のあたりに、青痣《あおあざ》を見つけたからだ。できたばかりだろうその青痣は、次に会ったときには消えていたけれど、今度はロングスカートが翻った瞬間に、ふくらはぎに痣が見えた。そればかりではない。服の隙間から痣以外にも痛々しい傷が見え隠れしていた。

見て見ぬ振りができなくなった私は、寧々が遊びに来たとき、訊ねずにはいられなかった。

「ねえ、大丈夫なの？」

寧々の顔が一瞬、歪《ゆが》んだ。だけど「何が？」と、いつもと変わらない調子で訊き返してきた。これが演技なのか、私の思い過ごしなのか、判断ができなかった。

「何って……いろいろ」

「私はへーきだよ。この子がいるし」

わずかに膨らみ始めたお腹を撫《な》でながら、寧々は母親の顔をした。

問い詰めても無理だと思った。それに、今無理やり話させても、寧々は夫の元へ帰ってしまうだろう。今はただ、寧々の様子を見守るしかなかった。

一週間後、私の不安が的中した。ただし、起こったことは、私の予想を超えていた。

もうすぐお昼という時間に、寧々が私に連絡をしてきた。

今病院にいて、これから退院する、と。入院していたことも知らなかった私は、初めは寧々が怪我をしたのだと思った。だがそうではなかった。入院理由は流産だった。原因は滑って転んだと言っていたけれど、信じられるわけがなかった。私はすぐに病院へ向かい、タクシーで一緒に帰ってきた。もちろん私のアパートにだ。

詳しいことはわからなくても、普通なら旦那さんに連絡する状況で私に助けを求めたという時点で、帰るのは私のところしかないと思ったからだ。

部屋に入ると、私はすぐに寧々に休むように言った。

「身体の方は、大丈夫なの？」

「うん、もうへーき」

寧々は私と目を合わせない。

「平気なわけないでしょ！」

どうしてもっと、強く止めなかったのだろうと、自分に怒りを覚えた。

結婚は寧々自身が決めていたようで、実際は男の手のひらで転がされていた。見た目、奇麗《きれい》なリンゴと、傷のあるリンゴ。男は二つのリンゴを寧々の前に出して、選ばせる。男は寧々が奇麗なリンゴを選ぶと知っている。だけど、その奇麗な方の中身は腐っていて食べられない。皮をむいて、身を切るまではわからないのだ。

私は両手で左右から寧々の顔を押さえる。真正面から向き合った。

「寧々、転んだなんて嘘だよね？　私にだけは本当のことを言って！　できる限り、力になるから。ここにいて良いから！」

私が訴えると、寧々も入院中に思うところがあったのか、崩れるように座って、ポツリ、ポツリと話し始めた。

付き合っているころは一切暴力をふるうことはなかったが、結婚してから態度が変わったという。借金は作るし、もともとフラフラしていたものの少しは働いていたが、完全に仕事を辞めてしまった。雑談をしていただけなのに、ちょっとしたことで機嫌を悪くし、いきなり殴られるようになった。豹変《ひょうへん》した理由は寧々にもわからないらしい。ボクシングの経験があるという結婚相手の拳は、避けられるものではなかった。

寧々はできるだけ穏やかな生活ができるように、会話に気をつけた。だけど少し前まで大丈夫だった話題が、数分後には起爆スイッチに変わってしまう。リクエストされて作った料理が気に入らないと、皿をひっくり返されたことが何度もあったという。夫の望むように行動するのは無理な話で、やがて寧々は、考えることをやめていく。考えても、どうにもならないと諦めたからだ。

日々エスカレートしていくDVが治まることはなかった。

「旦那さん、子ども……流産したこと、なんか言ってた？」

「別に。家が片づかないから、早く帰ってこいって連絡は来たけど、病院には一度も来なかったし」

「一度も？　どうして」

「痣があるから……。お医者さんにDVを疑われることを自覚していたんだと思う。私は違うって言っておいたけど」

「どうして？　どうしてそこで、否定しちゃうの？　助けてって、誰かに言えば助けてくれたかもしれないのに！」

「言えないよ！　助けてって、言葉にするのは難しいんだから！　それに……DVって認めたら、私が不幸だって認めることになっちゃうじゃない。結婚して、幸せになるってずっと思っていたの。幸せになりたかったの。大切にして欲しかったの！　でも……私、どこで間違えた？　私のどこが悪かったの？」

寧々の顔は、涙でぐしゃぐしゃだった。しゃくりあげながら叫ぶから、言葉が聞き取りづらい。

それでも、何が言いたいのかは十分伝わってきた。

「寧々のせいじゃ……」

母親と重なる部分を見ていると、私にはどうしても、寧々のせいじゃないと言い切れなかった。ただ、寧々のどこが悪かったかと言われると難しい。好きな人と一緒にいたい。好きな人の子どもが欲しい。

そう願うことは、決して理解できないことではないのだから。

私は黙って寧々の側にいた。寧々は泣き続けた。身体のどこに、こんなに涙があるのだろうと思うくらい、涙を流した。

陽が傾き、寧々が泣き疲れたころ、私は訊ねた。

「ねえ、寧々の相手ってどんな感じの人なの？　だって結婚したいと思うくらい、好きになった人なんでしょう？」

「結婚したい……ね」

ふと、寧々は記憶を探るように、視線を宙に漂わせた。その表情は、過去を見ているようだった。

「……優しかったの」

「うん」

「夢を語る姿が素敵でね」

「うん」

「私の話も聞いてくれたんだ」

「うん」

「あと、本を読むのも好きで、コーヒーも好きだった」

今の印象からすると、少し意外な感じがした。だが、最初から暴力的な人なら、さすがに寧々も選ばないだろう。彼に変化する要因が何かあったのだろうか。

「あとね、好みだったの。顔が」

「どんな顔？　写真ある？」

「あるけど……ちょっと待って」

寧々は私に背を向けて、スマホの中にある写真を探し始める。どこまでさかのぼるつもりだろうか。寧々はしばらく指を動かし続けた。

「最近は、証拠になるかなって思って、痣とかの写真しか撮っていなかったから」

やがて、画面を見て、うん、と一度うなずいた。

「この人」

「へえ……」

寧々はこういう人が好みなんだ、と私は思った。確かにテレビを見ているとき、こういったタイプの俳優が出てくると、キャーキャー言っていたかもしれない。

長身で肩幅ががっちりとした体格の人だが、暴力などふるいそうもない、優しそうな人だ。スーツ姿で真面目な印象さえ受けた。

「そっか、この人が旦那さんなんだ」

寧々は何も言わなかった。スマホから顔をあげて寧々を見ると、泣きつかれたのか、いつの間にか目を閉じて、寝息をたてていた。

第四章

まぶたを開けると、見慣れない天井が茉菜の目に入った。しばらくぼうっとしていると、徐々に昨夜のことを思い出してきた。

「私、生きていたんですね……」

イスに腰かけ、スマホをいじっていた佑馬が「おはよ」と言った。ホテルの部屋で東京のアパートと同じ言葉を聞くと、茉菜は不思議な感じがした。

「昨夜の地震のことなら、それほどじゃなかったよ。このあたりは震度三だって。建物が古いし、十二階だから実際の震度より揺れたように感じたかもしれないけど、あのくらいじゃ死にはしないって」

「……はい」

「それより、俺は君が気を失った方が驚いたよ。あの地震を経験すれば、トラウマになるのはわからなくはないけど」

トラウマ、なのだろうか。もちろん地震には恐怖を感じるが、東京に出てからも何度か経験している。そのたびに気を失っているわけではない。

一昨日、一睡もできなかったことと、いろいろと心労が重なったことが理由だろう。何よりこの場所が問題だ。思い出がありすぎる。

イスから立ち上がった佑馬が、茉菜がいるベッドの脇に来た。

「身体《からだ》は大丈夫？　具合が悪いようなら、近くに病院もあるよ」

「大丈夫です」

「そう。じゃあ、朝食買っておいたから食べて。もうすぐチェックアウトの時間だから」

ベッドサイドの時計を見ると、九時三十分だった。チェックアウトまであと三十分しかなかった。

昨夜聞きそびれたことを話したいが、時間がない。茉菜は佑馬が用意してくれた朝食をとり、サッと身支度をする。起きてから二十五分後には支度を終えた。

ホテルの外へ出ると、晴れてはいるものの空気は冷たい。佑馬の口から白い息がこぼれる。すでに通勤、通学の人の姿はなく、駅近くの通りにしては、人はそれほど多くはなかった。

「今日は一日、俺に付き合ってもらうよ」

月曜日だ。本来なら仕事が始まっている時間だが、すでに会社には休むことをメールで連絡しておいた。佑馬に言われなくても、このままで終われるわけがないことはわかっていた。

「これからどこへ？」

付いてくればわかるというつもりなのか、佑馬は答えず、茉菜の手をつかんで駅の方へ歩く。

振りほどこうと思えばほどけるくらいの強さだったが、茉菜は素直に従った。

「自分から手を放したのに、後悔ばかりするんだよ。後悔先に立たずとは、よく言ったものだよね。わかっていれば、別の対処もできたと思うけど」

佑馬の話し方から、今のことではないとわかる。きっと、大切な人だったのだろうということも。

茉菜も昔、大切だった人の手を放したことがある。佑馬と違うのは、気持ちの上ではなく、目の前で手が離れていくのを見ているだけで、助けられなかった。そこが人生の分岐点だった。

だから、後悔ばかりする、と言った佑馬の気持ちは痛いほどわかった。

「何度も自分を恨んだ。何があっても、あのとき手を放さなければ、結果は違っていたんじゃないかって……わが身可愛《かわい》さに逃げ出したクセに、今ごろ何を言うって感じだけど」

先を歩く佑馬がどんな表情をしているのかは、茉菜からは見えない。ただ、自嘲気味に語る彼の話し方は、意外と淡々としていた。

「俺は、大学入学のときに東北から関東に引っ越したんだ」

「そうなんですね」

振り返った佑馬の口が、へえ、と動いた。

「全然、驚いていないね」

「一番大きな驚きは、もう終わりましたから」

「……俺が別人とわかったからか」

佑馬が足を止める。悩ましそうに眉を寄せた。

「どんなに考えても、わからないことがあるんだ」

「何ですか？」

「君が俺を、鈴倉和希と思ったことだよ」

「それは昨日、言ったはずですけど」

「似ている、か。その理由を想像することはできているんだけど、裏づけるものが見つからない……というか、どういう状況でそうなったのかがわからないんだ」

茉菜とつなぐ佑馬の手にギュッと力が入る。痛いくらいの強さだった。

歩道に立ち止まったままの茉菜たちの横を、自転車が通り過ぎる。邪魔になっていることに気づいた佑馬は、再び歩き始めた。

「先日まで遺体が見つかっていなかったから絶対とは言えなかったけど、鈴倉和希は死亡しているだろうとは思っていた。さすがに生きている可能性が高ければ、俺もいきなり予定を変更して夫のフリなんてできないからね」

「予定を変更……？」

最初から計画していたのではなかったと知って、茉菜はまた混乱した。その可能性は考えていなかった。

「佑馬さんは、和希さんとどういう知り合いなんですか？」

「どういう知り合い……か」

佑馬が答える前に盛岡駅に着いた。券売機の前へ行くと、茉菜が逃げないと思ったのか、佑馬はつないでいた手を放す。

どこへ？　という質問をする前に、タッチパネルの指の動きで行先はすぐにわかった。

「はい、これ」

仙台行きの切符だった。昨日から行ったり来たりの旅だ。仙台から先はどうなるのか。もう一度、東京へ戻れるのか、それとも……。

茉菜の不安を打ち消すように、佑馬はニコリと笑って手を差し出した。

握るか握らないかの選択権は茉菜にあるらしい。

だが、昨日東京へ戻らなかった時点で、覚悟はできている。再び佑馬の手をとるまでに、それほど時間はかからなかった。


仙台駅に着くと、佑馬はレンタカーを借りた。不思議なことに、佑馬と一緒にいると昨日とは別の街に見える。過去に押しつぶされそうな感覚はなく、初めて訪れた場所のように思えた。

車に乗り込むと、佑馬はカーナビの設定をすることもなく運転を始める。茉菜には行先がわからなかった。

「佑馬さんは、仙台に住んでいたんですか？」

「いや、買い物とかイベントで来ることはあったけど、俺が住んでいたのは宮城でももっと田舎の方。ただ、ここ一年くらいは、仕事が休みのたびに歩き回ったから、道もかなり覚えたよ。もともと記憶力は悪くないし」

「……記憶をなくした話も、嘘《うそ》だったんですね」

「んー……まあね。Ｌａｒｇｏでコーヒーを飲みながら本を読んでいたのは本当だったけど」

「でも本名は和田佑馬で、鈴倉和希ではなかった、と」

佑馬は苦笑した。

「他人に成りすますには、記憶の部分が一番厄介なんだ。特に近しい間柄になると、記録に残らない会話が存在するから。思い出って言えば一番わかりやすいかな。個人と個人の間にある思い出だけは、写真やメールでも残っていない限り、どんなに調べても見つけられない。だから話していると、ボロが出てしまう可能性が高い。まあそもそも、記憶喪失のフリをするつもりはなかったんだけどね」

「それは……穂高がいたからですか？」

佑馬はハンドルを握ったままうなずいた。車はそのまま走り続け、仙台市を抜ける。

「正解。アイツの存在は厄介だったことには違いないけど、助けられた部分もあったよ。君に近づくのにどうしようかと悩んでいたとき、絶好のシチュエーションを用意してくれたから」

「それは良かったですね。あんな迷惑な人でも役に立って」

もちろん嫌味だ。茉菜にとっては害でしかない。佑馬にもそれが伝わっているようで、冗談だよ、とすぐに訂正した。

「ゴメン。君が怖い思いをしたのは間違いないよね。本当に警察に届けなくて良いの？」

「はい、たぶんもう、大丈夫だと思うので」

たぶん、と言いながら、茉菜は穂高の手の届かない場所へ行けばいいだけだ、と思っていた。盛岡駅で佑馬の手を取ったときから、戻れないことは覚悟している。今は答え合わせのための時間だ。

通勤ラッシュの時間帯を大きく過ぎたこともあり、道はすいていた。佑馬の運転は上手い。乗っていて安心感がある。

赤信号で止まると、佑馬は車のオーディオをいじり始めた。ラジオをつけるが、しゃべり声がうるさかったらしく、すぐに消した。

「何度か、こっちへ戻ってきて就職しようかとも思ったんだけど、結局大学を卒業したあとも、関東にとどまったんだ」

「どうしてですか？」

「たぶん、勇気がなかったんだと思うよ。時間が経《た》てばたつほど、思い出の重さが増して……ラクな方へ逃げた」

「でも、最近はよく来ていたんですよね？」

「どうすればいいのか悩んでいたときに、このままでいたらやっぱり後悔すると思ったんだ。ただ、俺が動いたことが間違っているとは思わないけど、正しければすべてが許されるわけではないと思って、悩みながら動いてたけどね」

「今も悩んでいるんですか？」

「どうだろう。まったく悩んでいないと言えば嘘になるけど、やっぱりこのままにはしておけないと思ったってところかな。誰かが動かないと何も始まらないから」

その誰かが、自分だと言いたいのだろうか。

和田佑馬という人は、いったい何者なのだろう。鈴倉和希とは、どういう関係なのだろう。

行先のわからない車は、その後会話らしい会話もなく、三十分ほど走り続けた。

佑馬はいくつかのテナントが入った、ショッピングセンターの広い駐車場に車を停《と》めた。どうやらここが目的地らしい。

佑馬がエンジンを停止する前に、茉菜はふと、あることを思い出した。

「そういえば、修斗さんはどこまでご存じなんですか？」

「アイツに関してはちょっと微妙なところなんだけど、知っていることと知らないこと、いろいろある感じだよ」

修斗に迷惑をかけたくないからなのか、佑馬はハッキリと語ろうとしない。だが、何も知らずに協力しているとは考えにくい。

「行きがかり上、協力してもらったのは間違いないけど、彼は完全に部外者だよ。あんなに力を借りるつもりじゃなかったんだけど、俺と修斗が話しているところを君に見られていたみたいだから」

「気づいていたんですか？」

「いや、恥ずかしながら、俺の方は油断していて気づいていなかった。ただ、修斗から誰かに見られていたと指摘されて……その後も頼ってしまったんだ。大根役者で、見ている方がハラハラしたけど」

修斗に対する辛口は、それだけ親しい間柄だからだろうか。どこにも棘《とげ》は感じず、むしろ距離の近さが伝わってくる。

「ラーメン屋さんの前で出会ったのも……」

「うん、偶然じゃない」

思い返すと、佑馬はあのとき、普段はそれほど使わないスマホをいじっていた。行列に並ぶ退屈を埋めるためだと思い込んでいたが、連絡を取り合っていたのだろう。一度茉菜がスマホを見たときは履歴になかったが、削除されてしまえば気づけないことだ。

そう考えると、二人の出会いの話も嘘になる。

「じゃあ、修斗さんのお仕事って……」

「それは本当。君が住んでいる地域の交番に勤務しているよ」

「私をずっと、見張っていたんですか？」

「それは偶然。というか、去年の春に転勤で異動したからであって、それまでは別の場所にいたんだよ。さっきも言った通り、修斗に力を貸してもらったのは流れでそうなっただけで、最初から考えていたわけじゃないんだ。最大の誤算は穂高だけど、ほかにも計算外のことが重なって——だからね」

佑馬はスマホに一枚の写真を表示して、茉菜に見せた。この前茉菜が中身を探ったスマホとは別の機種だった。ケースに傷があり、かなり使い込まれている。どうやら茉菜との生活のために新しいスマホを用意していただけで、もともと使っていたのはこっちの機種らしい。

「この人知ってる?」

茉菜は佑馬が持つスマホを覗《のぞ》き込んだ。

髪型は短めのツーブロックで髪色は茶色だ。襟足はかなり短い。近くに置いてあるイスの高さから想像すると、男性としても長身の方だろう。鋭い目つきだ。街中で肩がぶつかりにらまれたら、相手が悪くても、すぐさま謝ってしまいそうな雰囲気だ。

「あ、違う、間違えた。この人じゃなかった。こっちの写真」

佑馬はゴメン、ゴメン、と謝りながら、別の写真を表示した。今度は七十歳前後と思われる女性が写っていた。

茉菜は佑馬からスマホを借り、画面に顔を近づける。シルエットを見た限りではやせ型で、髪は白髪の方が多いということはわかる。が、かなり遠距離で撮影したのか、拡大しても、顔立ちまで見て取ることは難しかった。

「どなた……ですか?」

「わからないよね」

当然、と言わんばかりに、佑馬はすぐに納得した。

「わからないならいいよ。写りの悪いこの写真じゃあ、判別は難しいだろうし。本当はもう少し、ちゃんとした写真が欲しかったんだけど」

佑馬は茉菜の手から、ヒョイとスマホを取り上げた。

「さて、行こうか」

佑馬は車から降りると、また茉菜の手を握った。朝よりも強くつかまれている。この場所から逃がさないぞ、と言われているように感じた。

「その写真は、最近のものですか？」

「最近といえば、最近かな。四か月くらい前のものだから。思い出した？」

「いえ……その女性は誰ですか？」

佑馬は止まって、じいっと茉菜の目を覗き込んだ。目を通して記憶を探られているような感じがした。

「会えばきっと、わかるんじゃないかな」

駐車場から店内に入っても、佑馬は手を放さなかった。

店の中はがらんとしていた。和菓子店や花屋などの個人店と、食品スーパーが合わさった田舎のショッピングセンターだ。開店当初は賑《にぎ》わいがあったのかもしれないが、今は老人か親子連れくらいしか客がいない。営業時間内のせいか、清掃作業員は大型の用具は使わず、モップで通路の床を磨いていた。

「いた」

佑馬の視線の先を見て、茉菜はその清掃員がさっきの写真と同一人物だとわかった。もっとも着ていたものが同じ色の作業服だから気づけたのであって、違う格好をしていたら、目に止めることもなかっただろう。写真では七十歳前後だと思ったが、想像以上に背筋がピシッと伸びていて、動いている姿からは五十代くらいに見える。年齢よりも老けて見えたのは、手入れの行き届かない白髪交じりの髪型のせいらしい。

「五十代の知り合い……」

茉菜はハッとした。写真だけでは気づかなかったが、一人だけ心当たりがあった。茉菜が佑馬に声をかけようとした瞬間、手を放される。空いた佑馬の手は、茉菜でもスマホでもなく、作業服を着た中年女性の方へ向いていた。

「会ってくれれば？　きっと懐かしんでくれるんじゃないかな」

ここまで調べられていたのかと思うと、茉菜の全身から力が抜ける。もはや取り繕うのは無理だと諦めた。

仕事中の清掃員の視線は床にある。茉菜の方は一度も向いていない。だが二人の距離は三十メートルもない。少し顔をそむけるようにして、茉菜は声を落とした。

「……松木さんとは何か話したんですか？」

「少しだけ。もうずっと会っていないって聞いたけど、よく名前を覚えていたね」

「お世話になった人ですから」

「そうらしいね。俺が探しあてた中で、唯一君の過去を知っていた人だった。ただ彼女の話は、俺が一番知りたかったことではなかったし、どれも証拠がないから、憶測の域は出なかったけど。特に長期にわたってクスリを使う人たちの話は、ある程度差し引いて聞くようにしているし」

「クスリ？」

「知らなかった？　まあ、無理ないか。君はまだ子どもだったから」

「いえ、知っていたわけじゃないですけど、知っていました」

「どういう意味？　何となく察していたってこと？」

「そんな感じです」

松木が刑務所を出たり入ったりしていたことは、酔った母親から聞いていた。罪状までは知らなかったが、松木の態度や口ぶりから想像はしていた。

「君の話を楽しそうにしていたよ。可愛がっていたことは、俺にも伝わってきた。自分が刑務所に入っている間に君の行方がわからなくなって、でも探しようがないし、自分がずっと面倒を見てあげられるわけじゃないから、ただ気にすることしかできなかったって」

「そんなこと、気にしなくて良いのに」

松木がいなければ、茉菜は何もできない大人になっていただろう。それればかりか大人になることさえかなわず、人生を終えていたかもしれない。生きる方法と、考えることを教えてくれたのは、隣に住むあの女性だった。

「君が言う通り、親以上に世話をしたというなら、気にするのは当然だよ。彼女とは連絡をとろうとは思わなかったの？」

「できなかったんです」

「どうして？」

「渡された電話番号に一度だけかけてみたけど、つながらなかったので」

服役していたのだろう、と思うようになったのは、同じ仕事に就いてからだ。松木と似た境遇の女性と知り合い、過去が少しわかった気がした。

「今さら、私を見てわかると思いますか？　最後に会ったのは、私が十二歳くらいのときでした。それからもう、十五年以上経っているんですよ」

「気づかれなかったらショック？」

茉菜は成長し、服装や髪型だって当時とはまったく違う。気づかなくて当然——と、頭ではわかっているのに、やっぱりショックかもしれない、と思う気持ちがわずかだがあった。

佑馬が「じゃあ、こうしよう」と提案してきた。

「彼女の前に行って名乗らないで、向こうが君に気づくかどうか様子を見る。気づかれなかったら黙って立ち去る」

「気づかれたら？」

「話してきなよ。……彼女と次に話す機会を得るのは、結構難しいと思うから」

「どうしてそう思うんですか？」

佑馬は寂しそうに目蓋を伏せた。

「カン……かな」

このとき茉菜は、いくつかの疑問のうち、いくらかは解決した気がした。一つわかれば、あれもこれも、パズルが組み合わさるように形が見えてくる。

佑馬は最初に現れたときから、茉菜が何者か知っていた。松木のところまで来たのがその証拠だ。

「会ってきます」

うん、と応《こた》えた佑馬の声に背中を押される。

茉菜は緊張しながら、松木に近づいた。

モップをかけている松木は、相変わらず床ばかり見ていて顔を上げない。だが、靴が目に入ったからなのか、作業の邪魔に思ったからなのか、手を止めて頭を動かした。

十五年の月日は、実際の時間以上に松木の外見を変化させていた。それでも彼女は、間違いなく昔、茉菜を育ててくれた女性だった。

変わったのは松木だけではない。茉菜はもっと変化した。身長や年齢といった外見的なことはもちろん、知識や考え方も変わった。

だが茉菜と視線が合った瞬間、松木の瞳が揺れた。

右手をつかまれる。血管が浮き上がるほど細い腕なのに、松木の指は茉菜の腕に食い込みそうなほど力強かった。

「マナ……？」

声は少しかすれていたが、想像したほど変わっていなかった。松木は茉菜の記憶とあまり違わない声で名前を呼んだ。

だけどそれは、今の茉菜が望んでいたことではなかった。

松木の声でその名前を呼ばれると、忘れたかった過去が、一気によみがえった。

「違う、違う、違う！　私はマナじゃない！　マナじゃない。愛《あい》なの！」

そう叫びながら、自分の本当の望みが何だったのか、このときようやくわかった気がした。

ショッピングセンターの中にあるフードコートにも、あまり人はいなかった。以前はラーメンを扱っていただろう店も今は看板だけが残され、営業している店は、四つほどしかなかった。休日でもいっぱいにならないと思うくらい、テーブルだけはたくさん置かれていた。

松木がフードコートに現れる。グレーの作業着から、遠目でもわかるくらい、明るい色調の服装になっていた。ようやく愛の中で、昔の松木と重なった。

「待たせたね……愛」

三十分ほど前に言ったことを、松木は受け止めてくれたらしい。茉菜ではなく、本当の名前である「愛」と松木は呼んでくれた。

「いえ……あの、お仕事は？」

「今日はもうあがりなの。私は開店時間前の清掃がメインだから。お客さんが入ってからだと、できることは限られているでしょ」

松木は愛の向かい側に座った。仕事の疲れか、フーッと息をついた。

「何か食べる？」

「いえ」

「ま、これだけすいていれば、注文しなくても居座れるかな」

愛は松木の言わんとしていることに気づいた。

「あ、飲み物でも買ってきます」

「いいって、私が行ってくる。ここだと従業員割引が使えるから」

愛を残して、松木はすぐ近くの店に歩いていった。店員が顔見知りなのか、何か会話をしている。紙コップを両手に持ち、愛のところへ戻ってきた。

「これ好きだったよね？」

カップの中はオレンジジュースだった。確かに子どものころ、松木の部屋で出してもらうと喜んでいた。でもそれは、家でジュースが飲めなかったからだ。特別好きでも嫌いでもなかった。

ただ、松木が覚えてくれていたことが嬉しかった。

「ありがとうございます」

「もう、子どもじゃないってわかっているんだけど、今の愛が何を好きなのか、私にはわからないから」

松木はぎこちなく笑っていた。緊張しているのは自分だけではない、と愛は思った。

「突然訪ねてきて、ご迷惑でしたよね？」

「それ！」

「え？」

「その話し方。顔は子どものころの面影があるのに、話していると別人みたいなんだもの。こっちはバカみたいに昔のように話さないと、目の前にいるのが誰なのか、忘れてしまいそうになるよ」

松木は寂しそうに言った。

昼食の時間帯になったせいか、少しずつ周囲のテーブルに人が集まり、声が溢れ始めていた。それでも、会話には支障のない程度だ。静まりかえった空間よりも、むしろ話しやすくなった。

松木がストローに口をつける。口紅は昔よりも落ち着いた色味になっていた。

「あの人は？　さっき一緒にいた人」

「車で待っています」

「愛の恋人?」

直球の質問に、愛は苦笑した。

「違います」

「そっか。まあ、そうだよね。最初に私のところへ来たときは、もっと怖い感じがしたし」

最初……とは、佑馬が愛の過去を探るために、松木のところへやってきたときのことだろう。まだ愛と出会う前の話だ。

松木が突然、愛の手を取った。会わない間に、何度も差し伸べてくれた松木の手よりも、愛の手の方が大きくなっていた。

「何か困ったことになってない?」

「大丈夫です」

「本当に?」

「はい」

愛は迷いを見せずにうなずいた。

ごまかせている自信はないが、松木には心配をかけたくなかった。

松木はストローに口をつけたまま、上目遣いで愛を見ていた。

「まあ、大人になればいろいろあるよね。ホント、大きくなったね。こっちが老けるのも当然」

「そんなこと……」

「お世辞言わなくて良いって。ま、お世辞が言えるくらい、成長したってことなら、喜ばしいことなのかもね」

「それは、松木さんが私を育ててくれたから」

まだ大人を必要とする年齢の愛を、松木が助けてくれた。本来なら親がすべきことを、松木が引き受けてくれた。

小さくなった服をいつまでも着ていたら、お古ではあったが愛のために着替えを用意してくれた。余所《よそ》行きの服もあった。着ていく場所なんてないよと言ったら、じゃあ私のところへオシャレして来て、と言ってくれた。

箸の持ち方も、文字の書き方も、挨拶の仕方も、松木から学んだ。

「私は感謝されるようなことはしてないよ。私が楽しませてもらっただけだから」

松木の視線が、四つほど離れたテーブルに向いた。まだ学校に上がる前の子どもだろうか。母親と一緒に、ハンバーガーを食べている。

愛と松木が出かけることはめったになかったが、何度か店で食事もした。本当の親子と勘違いされたこともあった。そのくらい愛はなついていた。

出会って二年くらい経ったとき、一度、不思議に思って訊いたことがあった。どうしてそこまでしてくれるの？ と。そうしたら松木は、もし産んでいたら、私にも同じくらいの子どもがいたはずだったから、と言った。

産めなかったのか、産まなかったのかまでは聞いていない。ただ、松木の行動と性格からすると、後者だったような気がする。松木は薬物におぼれて自分の人生を捨ててしまったのかもしれない。でも、他人に対する優しさまで手放してはいなかったはずだ。

松木は深々と頭を下げた。

「中途半端で悪かったね。一度手を出したのなら最後まで面倒を見てやればよかったんだ。それができなかったんだから、やっぱり私も、自分勝手な人間だったんだよね。アンタの周りは、そんな大人ばかりで大変だったね」

そんなことない、とは言えない。愛が黙っていると、松木は苦笑しながら「今は何しているの？」と話題を変えた。

「東京で、洋服の仕事を……」

「やりたかったことなの？」

「はい」

良かった、と呟《つぶや》いた松木は笑みを浮かべた。

「そう、幸せになったんだね」

愛はこれにも答えられなかった。口を開いたら、泣いてしまいそうになっていた。涙をこらえて笑うと、松木の手が愛の頬に動く。優しく撫でられた。

「私やアンタのお母さんみたいにならなくて、本当に良かったよ」

愛がショッピングセンターの建物を出ると、駐車場にいるはずの佑馬が待ち構えていた。車を停めた場所とは逆の出入り口を使ったはずなのに、こうなることを読んでいたのか、それとも見張っていたのかはわからない。

どちらにせよ、佑馬から逃げられないということは、愛ももう理解している。それでも今は佑馬と話したくない。あてもなく車とは反対方向へ歩き出すと、後ろから「ねえ」と声をかけられた。

「松木さんとは、もういいの？」

もっと話したかったとは思う。だが同じくらい、会わなければ良かった、とも思っていた。愛は今の自分を知られたくなかった。

「これ以上話しても、どうなるものでもありませんから」

「でも、相手は気づいてくれたんだよね。昔、可愛がっていた女の子が成長して、自分の前に現れてくれたって。もっと話したかっただろうに」

「思い出したい過去なんて、一つもないです」

父親は存在すら知らない。母親には「いない子」として扱われた。松木のおかげで楽しい記憶もあるが、それは親に「人として扱われない」結果、手を差し伸べてもらったに過ぎない。

松木と過去を語れば、どうしてもそこに触れてしまう。それくらい、愛の過去と松木の存在は近すぎた。

「でも、さっきも言ったとおり、彼女と次に話す機会は、なかなか巡ってこないかもしれないよ」

「それは彼女がまたクスリを使って、という意味ではないですよね？」

松木が今、クスリに手を出しているかは愛にはわからない。だが薬物と手を切ることが難しいことは想像できる。刑務所を出たり入ったりしていた松木がまた、逮捕される可能性はあるのかもしれない。

とはいえ、もし松木が服役したのであれば、愛が会いに行けばいい話だ。子どものころならいざ知らず、大人になった今、できなくはないだろう。

だからきっと、佑馬は別の意味で言っている。佑馬は盛岡で会ってから、愛のことを「君」と呼んでいる。それがすべての答えだと思った。

「私は、何の罪で逮捕されるんですか？」

佑馬は一定の距離を保ったまま、ずっと愛の後ろを歩いていた。愛が止まると佑馬も止まった。

「俺は法律家じゃないよ」

「でも、警察官ですよね？　だから修斗さんとお友達なんですよね？」

佑馬は「そっちか」とボヤくように言った。

「友達って言うか、警察学校の同期だけどね。アイツはずっと、休職中の俺が他人のフリをして、君の部屋に入り込んだことに反対していたから」

「それで呼び出されていたんですね」

「『夫』のフリをするなんて、バカなことは今すぐやめろと言いつつ、結果的には俺の嘘に協力してくれていたんだけどね。修斗は人が良いから、危ないことをしている俺を、放っておけなかったんだと思うよ」

「手紙は二通とも、あなたが用意した物ですね？」

「どうしてそう思ったの？」

「穂高の仕業かな、と思ったこともあったんですけど……あのストーカーは、私を付け回すことはできても、私の過去を調べるほどの能力はなさそうですから」

佑馬は一瞬、ハッと目を大きくさせたかと思うと、突然笑い出した。

「辛辣《しんらつ》だね」

自分だって穂高を利用したくせに、と愛は思った。

「君の言う通りだよ。一通目は時間がなくて不本意な状態で配達されたように見せかけたけど、二通目はちょっと手間をかけた。手紙を出すだけなら、日帰りで十分可能だからね」

佑馬は一歩一歩、ゆっくりと近づいて来る。二人の間の距離が縮まるとともに、愛は終わりの時間も近づいている感じがしていた。

うつむき加減で佑馬が口を開いた。

「君のところに連絡が行く一週間くらい前に、身元不明の遺体が発見されたことが、こっちの県警のホームページに載っていたんだ。文字通り身元不明の段階だから、氏名は公表されていなかったけど、特徴からもしかして、と思って」

「え？」

「知らなかった？　身元不明者の情報は警察のサイトで見られるようになっているんだよ。もちろん、その時点で鈴倉和希である確証はなかったけど、行方不明の親族を探すふりをして問い合わせてみたんだよね」

「手紙を出す必要はあったんですか？」

「君がなぜ……というか、どうやって鈴倉茉菜と名乗ったのか知りたかったんだ。でも、一緒に暮らしてもボロを出さない。それは当然だ。君はすでに五年もの間、鈴倉茉菜として生きていたんだから。そこで、揺さぶりをかけてみようと思ったんだ」

「……そういうことですか」

建物の周りを半周した愛と佑馬は、利用した出口と反対側にある、駐車場の近くのベンチに腰を下ろした。建物で風はさえぎられているが、日陰のせいか気温は低い。そんな場所とあって、他に人はいなかったが、じっとしていると足元から冷えた。

愛がはぁーっと息を吹きかけて手をすり合わせると、佑馬がベンチの近くの自動販売機でホットコーヒーを二本買った。一本を愛に手渡してきた。

素手で持つには、缶はかなり熱かった。

「できればそろそろ、俺の知らない話を聞かせてもらえるかな？」

愛は話したくない、というより、思い出したくなかった。

だけど佑馬の前ではもう「鈴倉茉菜」ではいられない。そして佑馬は「本物の鈴倉茉菜」の話を聞きたがっている。

だから――鈴倉茉菜になり代わっていた上坂愛《かみさか》――は、すべてを話そうと決めた。

寧々と呼んでいた、鈴倉茉菜という友達のことを。

◆◆◆

退院してから寧々は、しばらく私のアパートに滞在していたが、体調が回復すると、夫の元へ戻ると言った。離婚の話し合いをするためだという。

寧々が心配だった私は付いていこうとした。でも、夫婦のことだからと言われれば、引き下がるしかなかった。

その場にいなかった私には、寧々と寧々の夫――鈴倉和希との話し合いがどうなったのかはわからない。ただ、暗くなってから私のアパートへ戻ってきた寧々は、誰が見てもわかるほど混乱していた。何かがあったことだけは、一目瞭然だった。

「どうしよう……どうしよう……私、そんなつもりじゃなかったのに……」

パニックになっている寧々は、同じ言葉を繰り返していた。

「寧々、泣いていないで、何があったのか教えて！」

寧々の両手はずっと小刻みに震えていた。手を握り、大丈夫だから、と私が繰り返していると、やがて寧々はポツリポツリと話し始めた。

二時間くらいかかってわかったことは、寧々が離婚を切り出すと、夫から最後の思い出に一緒に出かけようと誘われたという。気は進まないが、行ってくれたら離婚届にサインすると言われた寧々は、早く決着をつけたいがために、相手の希望通りにしたらしい。

車は山へ向かい、途中で嫌な予感がした寧々は、逃げる機会を狙っていた。だが人も車も通ることのない場所では逃げようもない。助けを呼ぼうにも、スマホは後部座席に置いたショルダーバッグの中に入っていて、助手席からは手が届かなかった。

山中で無理やり車から降ろされ、保険金がどうのと夫が言っているのを聞いたときには、もう命はないものだと思ったという。それでも夫がぬかるんだ地面に足をとられ、バランスを崩した一瞬のすきを見逃さなかった。寧々は崖下に向かって、夫を思い切り突き飛ばした。

もっとも混乱している寧々は、夫がバランスを崩して落ちていったのか、自分が突き落としたのかわからない、と泣きながら叫んでいた。

「殺しちゃった。どうしよう！」

「寧々、声を抑えて。そんなことない。今、ショックでいろいろわからなくなっているだけだから。大丈夫だから、寧々は悪くないから」

隣室を気にしつつ、私は冷静なフリをしていた。だけど内心では不安だった。日ごろから暴力をふるう相手を、寧々が簡単に突き落とせるとは思えない。足が滑ったというのは、きっと本当だろう。

だが証拠がない。すぐに救急車を呼べばともかく、逃げている時点で、どう思われるかわからない。仮に暴力を受けていたことを証明できたとしても、離婚を拒否され、だったら殺すしかないと寧々が思ったと疑われる可能性だってあるかもしれない。何より、どうするのが正解なのか、寧々にとって一番良い方法は何か。このまま黙っていたらどうなるか、私にはわからなかった。

数日程度ならともかく、数週間、数か月も不在の場合、家族など、不審に思う人がいてもおかしくない。

「ねえ……寧々の旦那さんの家族の話って、あんまり聞いたことがなかったんだけど」

しゃくりあげている寧々は、数回浅く呼吸を繰り返して、何とか話し始めた。

「えっと、両親は物心つくまえに離婚していて、お母さんと一緒に生活していたけど、そのお母さんとあまりうまくいかなくて、家を飛び出したって言ってた。数年前に亡くなったって連絡が来たけど、お葬式にも参加しなかったって話だったよ。時期は聞いていないけど、お父さんも、もう亡くなっているみたい。兄弟のことはわからない。私も和希も、家庭に恵まれなかったから、共感というか、わかり合えるって思っちゃったんだよね」

「そっか……」

共感は理解できる。「同じ」「似ている」は人を引き寄せるからだ。

「旦那さんは、本当に亡くなったの？　生きている可能性は絶対にないの？」

「あんなに高い場所から落ちて、生きているわけないよ。よくわからないけど、下なんか何も見えないくらいの高さで、落ちていく瞬間、どんどん声が遠くなっていって……」

「声？　何か言っていたの？」

「言っていたっていうか……驚いたような、憎んでいるような声で、私の名前を叫びながら落ちていったの。茉菜──って……。私が和希を突き落としたの。私が和希を殺したの！」

日付が変わるころ、私は寧々の興奮を静めようと、お酒を渡した。寧々は一瞬躊《ちゅう》躇《ちょ》したものの、グラスを持つと一気に中身を飲み干した。不安を静めたいからか、いつも以上にピッチが速かった。

一時間もすると、私たちは床に寝転がって、低い天井を見ていた。夜が深まったこともあり、ピタリと身体を寄せ合い、ささやくような声で話していた。

「寧々……って、もうお店辞めたのに、この名前で呼ぶのがすっかり癖になっているよね」

寧々は源氏名だ。茉菜という本名を聞いたのは、一緒に遊ぶようになってからだった。そして結婚した茉菜は、鈴倉姓を名乗るようになっていた。

「そういえばそうだね。でも今さら、愛に茉菜って呼ばれるのはなんか変な感じがする」

「確かにそうかも。私も茉菜に愛って呼ばれると、別人みたいに感じる。それが……本当の名前のはずなのに」

茉菜は子どもが甘えるように、私に抱き着いてきた。

「愛、愛、あーい」

日常とはかけ離れた興奮のせいか、茉菜はいつもより酔っていた。声が大きくなる。

ただいくら飲んでも不安が消えないのか、茉菜は度数の高いアルコールを何度もあおる。私も止めなかった。

私たちの話は尽きなかった。

鈴倉和希が崖から落ちたことは、このまま黙っていてもバレないかもしれない。もともと、定職についていた人ではない。行方を探しそうな親族もいない。だったら、黙っていれば……。

だがそれでは、茉菜がずっと不安を抱えたまま生きていくことになる。もしかしたら夫の……鈴倉和希の死体が見つかるのではないか。もしくはあの崖の下で、夫は生きているのではないか。

何より茉菜は、自分の手で殺してしまった罪を抱え続けることが、怖いと言った。

罪かどうかは、私にはわからなかったが、最終的に警察に届けた方が良いという結論になった。

どういう結果になるにせよ、茉菜にしばらく自由はないだろう。一、二日で終わるか、一か月かかるか、まったく先は読めなかったが、それなら今夜くらいは何もかも忘れて飲むことにした。

「愛、あーい」

「すっかり出来上がっているね。なんですか？　茉菜さん」

「愛って名前良いね。いろんな人にいっぱい、愛してもらえるみたいじゃない」

屈託なく言う茉菜に、私はすぐには言葉が出てこなかった。

「……そんなことないけどね。私はずっと、この名前が嫌いだったから」

「そうなの？」

「うん。私を産んだ人は、私のことなんていらないって言っていたから」

「表現するのが下手なだけで、本当は愛していたんじゃないの？」

「それはない」

私は断言した。生きているなかで、絶対なんてことはなかなか言えないけれど、これだけは言い切ることができた。あの女は、私のことを愛してはくれなかった。自分のことしか考えていなかった。

私を存在しないものとして扱っていた。

「でも、大切にしてくれた人もいたよ。松木さんっていうんだけど、私のこと助けてくれて、いろんなことを教えてくれた。親に付けられた名前が嫌いだったから、別の名前で呼んでって言って、困らせたこともあったけど」

「そりゃ、突然別の名前で呼んでって頼まれても困るでしょ」

「母親とも知り合いだったしね。でも、どんな親なのかも知っていたから、私の気持ちも汲《く》んでくれて、愛って漢字をアイじゃなくて、別の読み方にしてくれたんだ」

「別？」

「うん。――マナって」

「まな？　私と一緒じゃない！」

「そうなんだよね……」

　寧々の本名を知ったとき、私は昔の自分を思い出した。家を飛び出したことも、好きだった人と別れたことも、共通点がいくつもあって、どこか自分に似ているかもしれない、と思った。

「そっか、同じなんだ、私たち」

　同じだね、と何度か言いながら茉菜は眠った。私は茉菜に布団をかけた。寝顔を見ながら、私は「そうだね」とは返せなかった。

最初は似ていると思った。でも私と茉菜は同じなんかではない。茉菜は親に愛された。でも私はこの世に存在していない。出生届すら出されていないから、私には戸籍がなかった。

世界中どこを探しても、私を証明するものは何もなかった。

私は茉菜を羨ましいと思っていた。すべてに恵まれているわけでなくても、私より多くのものを持っているから。

私は茉菜になりたいと思った。思ったけれど、そんなことは不可能だった。だから上坂愛は、永遠にこの世に存在しない人でいるしかなかった。


目が覚めた茉菜は、布団の中で頭を抱えて唸《うな》った。

「痛い」

「二日酔いだよ」

部屋に転がった酒瓶を見れば一目瞭然だ。茉菜ほどは飲んでいないにせよ、私も頭が重い。眠ったのが明け方ということもあり、二人が目覚めたころには、もう昼近くになっていた。

「片づけたら、出かけようか」

「その前にシャワー浴びたい」

「うん、タオルいつものところにあるから、好きに使って」

「ありがとう」

茉菜がシャワーを浴びている間、私は部屋の掃除をする。いつもより長めの入浴を終えた茉菜は、サッパリとした表情で出てきた。

茉菜は自分の荷物を整理し、最小限の荷物を持って靴を履いた。

「じゃあ、行ってくる」

玄関で振り返った茉菜を、私は引き留めた。

「私も一緒に行く」

「そんなことしたら、愛に迷惑かかっちゃうよ」

「どっちにしろ、一晩どこにいたか訊かれると思うから。嘘を言ったら、かえってマズいことになると思うし、一緒にいたことは証言する。もちろん、これまでに何があったのかも、私に言えることは警察に伝える」

茉菜は目を潤ませていた。

アパートを出て自動車に乗り込む。茉菜はエンジンをかけると、ふぅーっと、大きなため息をついた。

「昨日、この車で山から愛のアパートへ来る途中、凄く不安で震えていたんだよね。私も崖から落ちちゃおうかなって考えたりして」

「茉菜！」

「わかってる。今は、そんなこと思ってないから。大丈夫。きっとやり直せる。私には失うものもないし。さ……殺人犯になっちゃうかもしれないけど、死刑ってことはないと思うんだ」

「大丈夫だよ。茉菜が思っているほど、悪いことにはならない気がするよ」

「ありがとう。愛がそう言ってくれるから、私頑張れる。あのさ、今のうちに言っておくね。刑務所から出てきたら、会いに行っても良いかな？　迷惑かな？」

「良いに決まっているじゃない」

そもそも、事故だった、で押し通せば罪に問われない可能性だってありそうだ。

ただ、茉菜は自分が夫を殺したと思っているし、それはそうなのかもしれない。それだけは、私にもわからない。見ていないのだから、真実がどこにあるのかわからない。でも、わからないからこそ、どうにでもなるような気がする。突き落とされたのか、足を滑らせたのか。そして警察が調べるのか……。

「行こう」

車が走り出して少しすると、茉菜が突然、遠回りになるけど、海を見てから行きたいと言いだした。車内の時計を見ると、まだ昼の二時半を過ぎたくらいだった。時間はある。私は茉菜の好きにして、と言った。

平日の昼間とあって道路はすいていた。スムーズに信号を通り抜け、私たちは海岸線を走った。

茉菜はいつもより、はしゃいでいた。昨日のアルコールの余韻なのか、ひどくハイテンションだった。無理に明るくしている気がした。

「ねえ、愛。いつか、もう一度こうやってドライブしよう。愛も免許取って遠出しようよ」

私に戸籍がないことは茉菜には言っていない。理由を今、説明するつもりもない。それはすべてが終わったときで良いだろう、と思っていた。

「免許……はどうかな。私、運動神経悪いから」

「そんなこと言わないでさー」

茉菜は窓を全開にした。雪がちらついている。海風に乗って窓から砂が入ってくる。波は穏やかだが、潮を含んだ風は冷たくて、少しべたつくような感じがした。

「寒いよ」

「良いじゃん。スッキリするし」

アハハーと茉菜が笑ったときだった。

車が横に動く。茉菜が叫んだ。

「何これー！　ハンドルが……」

地面が激しく揺れていた。

◆◆◆

話している間、愛はまったく寒さを感じていなかった。だが手の中の缶コーヒーはすっかりぬるくなっていた。

愛の口から語られる過去を無表情で聞いていた佑馬は、話が終わると、どこか安堵《あんど》の表情を浮かべていた。

「茉菜の死は災害のせいであって、君が殺したわけじゃなかったんだ」

「その後の津波がなければ、警察に行っていたのは間違いありません」

佑馬は左手で顔を隠すようにして、上を向く。唇がゆっくりと「まな」と動いたように見えた。でもそれは、今隣にいる愛を呼んでいるようには感じられなかった。

「佑馬さんと鈴倉和希はどういう関係だったんですか？　生き別れの双子の兄弟とか……」

あからさまに嫌そうな顔で、佑馬は愛の方を向いた。

「まさか、他人だよ」

「え？」

「誤解しているみたいだけど、俺とアイツは赤の他人。俺と家族だったのは茉菜の方」

「まさか――茉菜のお兄さん？」

「短い間だけどね。俺が高三で茉菜が高一のときに、俺の父親と茉菜の母親が再婚したんだ。突然の再婚だったし、お互いもう高校生だったから、いきなり兄妹《きょうだい》と言われても無理な話でさ。……俺の一目ぼれに近いかな。一つ屋根の下で、好きな女の子と一緒に暮らすんだ。若かったし……今思い返すと少し恥ずかしいくらい、恋愛に夢中になっていたのかもしれない」

「茉菜のお母さんが、結婚離婚を繰り返す人だったという話は聞きましたけど」

「そう。俺の本当の母親は、俺がまだ六歳のころに亡くなって、それから十年以上父と男二人の生活でいたところに……何があったのかはわからないけど、父も恋をしたんだろうね。でも真面目で不器用な父は、自由で奔放な性格の茉菜のお母さんとは、長く続かなかった。いろいろ……まあ、父が話したがらなかったから俺もすべてを知っているわけじゃないけど、男女のトラブルとか借金とかあったらしくて、一年ももたずに離婚となったんだ。父としては、茉菜のお母さんに振り回されたようだから、茉菜と付き合い続けていると、そのうち俺にも害が及ぶと思ったんじゃないかな。大学入学のタイミングで離れろと言われて、俺もそれに従ったんだ。そうこうしているうちに、茉菜と俺の関係も終わったってこと」

二人がどんな時間を過ごしたのかはわからないが、茉菜から聞いたことと、今の佑馬の話が愛の中で重なる。茉菜は母親のせいで佑馬との恋愛がうまくいかなくなって、家を離れた。そして愛と出会った。

「茉菜を探そうとは思わなかったんですか？」

「思ったよ。もちろん思った。でもグズグズしているうちに時間が過ぎて、探し始めたのが遅すぎた。結果、君にたどり着いた」

「どうやって私のことを……」

たとえ警察であっても、戸籍のない愛の過去をたどるのは容易ではないだろう。たどるものがなければ、探しようがないからだ。

佑馬は缶の底を上に向けて残りのコーヒーを飲んだ。

「俺が就職した一年目に父が病死したんだ。ガンでね。余命宣告されてから、半年くらいだったと思う。三度目の結婚はなかったから近親者は俺だけだったし、簡単な葬儀を終えてから父の持ち物を整理していると、スマホに茉菜の写真があったんだ」

「佑馬さんのお父さんは、離婚したあとも、茉菜のことを気にかけていたってことですか？」

「違うと思うよ。俺に忠告したくらいだから、茉菜の母親と離れたかったのは間違いない。ただ余命宣告されてから、身辺整理をしていたみたいなんだ。そのとき、茉菜の母親にも連絡してたんだ。これは父のスマホに残されていた、メールや通話の履歴を見てわかったことだけど」

元夫婦の間で、メールが交わされる。佑馬の父親の元には成長した茉菜の写真。そして茉菜の母親の元には――。

「それって……」

佑馬はうなずいた。

「君が鈴倉和希と思い込んでいる写真は、きっと俺が大学を卒業したときのものだと思う。普段俺の写真なんて欲しがらなかったのに、そのときだけは父親から写真を送ってくれと言われたから。茉菜の母親がなぜ娘にそれを送ったのかはわからない。もしかしたら、元夫婦間でお互いの子どもに送る前提で交換したのかもしれないし、父の方は俺に送ってこなかったってことは、茉菜の母親の気まぐれかもしれない。確実なのは、茉菜が『結婚相手』として君に見せたのは、俺の写真だったってことだ。そうでなければ、君が俺を茉菜の夫と思うわけがないから」

愛は茉菜から結婚相手の写真を見せてもらったときのことを思い出す。

あのとき愛は『結婚したいと思うくらい好きになった人』のことを訊ね、茉菜は『優しくて、話を聞いてくれて、本とコーヒーが好きな人』と答えた。

その姿は佑馬とピッタリと一致する。

茉菜は実際に結婚した鈴倉和希ではなく、佑馬のことを思い浮かべて話していたのだろう。三か月間、佑馬と一緒にいた愛にもそれがわかる。

ただ、愛にはまだわからないことがあった。

「佑馬さんの夢は？」

唐突な問いに、佑馬は「え？」と、戸惑っていた。

「俺の夢？」

「今のではなく、高校三年生のときの夢です」

「……茉菜が何か言っていた？」

「素敵だったって」

想像していなかったのか、佑馬は一瞬きょとんとした顔をしたかと思うと、小さく吹きだした。

「そんなことを茉菜が。そっか……」

嬉しそうにしながらも、どこか悲しそうな顔は、茉菜のことを思い浮かべているのだろうか。佑馬は柔らかい空気をまとっていた。

「たいしたことじゃないよ。ホント、たいしたことじゃないから」

佑馬は詳しくは話してくれなかった。愛は知りたいと思ったが、それ以上踏み込むことは許されないと感じた。

「でも、どうして私のことがわかったんですか？」

「写真だよ。さっきも言った通り、父親のスマホに残っていた茉菜の写真。茉菜が母親に送ったのは、君と写っていた写真だったから」

佑馬が向けたスマホの画面には、茉菜のとなりに愛がいる写真が表示されていた。

「この写真、覚えてる？」

「──はい」

愛は写真が好きではなかった。この世に存在してはならないと言われていたからだと思う。そもそも幼少のころは、撮ってもらう機会もなかった。

昔付き合った巨人は写真を欲しがったが、愛は極力拒んだ。それでも数枚は一緒に写った。ただ、変顔をしたり、シャッターが下りるタイミングで目をつむったりして、まともな写真は一枚も残っていないはずだ。

だけど、母親から離れたことで、意識が変わった。茉菜と洋服を選ぶようになってからは、一緒に写ることを拒まなくなった。それが巡り巡って、最終的に佑馬の手に渡った。

佑馬が手にしているのは、茉菜と一緒に新しい洋服のコーディネートを考えていたときの写真だった。

写真を眺める佑馬は「二人とも楽しそうだね」とつぶやいた。

不意打ちを食らった撮影だったが、写真の中の愛は笑っていた。

「楽しかったです。でもこの写真から、どうやって私を……」

「身バレしたくないなら、テレビは気をつけた方が良かったんじゃないかな」

「テレビ……あっ！」

佑馬が、気づいたみたいだね、と言いたそうに薄く笑った。

ベンチから立ち上がり、自動販売機の横のゴミ箱に缶を捨てる。座りっぱなしに飽きたのか、軽く背伸びをしていた。

「会社の取材」

「そう。深夜の衛星放送だったし、君は会社の中で仕事をしていただけで、しゃべっていたのは社長だったけど、画面に映りこんだよね？」

「確かに、一瞬カメラを見ましたけど……そこまで放送されたんですか？」

茉菜の部屋では衛星放送は見られない。確認しようがなかった。

「しっかり映っていたよ。会社で見なかったの？」

「はい」

「そっか。本当に一瞬だったけどね。毎週その時間は別の番組が放送されているんだけど、その日はたまたま予定が変更されたんだろうね。でも毎週予約していた俺のレコーダーに、君が映った番組が録画されていた。だから静止画で見ることができた——のは、運が良かったと言うべきか、君にとっては悪かったと言うべきか。社員数が少ない会社だし、会社名がわかれば、そこから君にたどり着くのは、それほど難しいことではなかったよ。もっとも、茉菜のことを訊こうと思って君のことを探したら、なぜか画面に映っていた女性が鈴倉茉菜だった、という不思議な状況になっていたけど」

佑馬も最初は混乱したらしい。茉菜と一緒に写真に写っていた知らない女性が、茉菜を名乗っている。一瞬、自分の記憶違いかと疑いたくなったが、そんなはずがあるわけない。

そしてもっと佑馬を悩ませたのが、仙台でどんなに探しても、茉菜と一緒にいた女性のことがわからなかったことだ。働いていた場所を訪ねたところ、顔を覚えている人はいたものの、本名は知らないという。人を介して、いくつかの店を渡り歩いていたから、身元を保証する人がいたわけでもなかった。勤めていたどの店でも勤務態度は良かったということくらいしかつかめなかった。

「君に直接訊ねる前に、可能な限り情報を得たいと思っていた。だけど、どんなに探しても君の過去は見つけられない。同時に俺は、茉菜と君の接点も探していたから、君らが勤めていたと思われる店を、片っ端から当たったんだ。そうしたら君と君のお母さんを知っている……というか、ちょっと奇妙な親子のことを覚えている人がいて、こんな話をしてくれたんだ——子どもを学校にやらず、ほとんど外に出さない母親がいたって。もう二十年くらい前になるけど、あまりにも印象的で、今でも忘れることができない母と娘だったって。この時点でまさか？　と俺は思ったよ。でもあり得ないだろうって、すぐに否定した。他人に成りすまして生きるなんて無理だろうって。そう思う一方で俺は、この世にはあり得ないと思うことが起きていることも知っていた。警察の日常は、普通の人の非日常だからね」

佑馬は悔しそうに拳を握っていた。

「残念ながら君のお母さんの行方はわからなかったけど、その人は松木さんとは連絡を取っていたんだ。まあ……その人も松木さんと同じ罪で服役していたことがあったというから、このつながりは断った方が良いと思うんだけど……ただ、俺にとっては君の過去を知るために、とても有益な情報だった。松木さんを訪ねたあとは――説明の必要はないよね？」

愛はうなずくしかなかった。松木は大人になった愛の写真を佑馬から見せられていたから、さっき会ったとき、すぐに気づいたのだろう。

松木は、愛が今どこにいるかは知らないが、愛の過去は知っている。そして佑馬は、茉菜のフリをする現在の愛の居場所を見つけていた。答えは出たも同然だ。

「夫のフリをするのは、あのストーカー男の前だけのつもりだったけど、穂高が離れても君は俺のことを夫だと思い込んでいた。俺はその理由も知りたくなった。しかも夫に成りすませば、君の側にいられる。ちょうど勤務中に怪我をして、しばらく休むことになって時間はあったから。ただ、いつまでも休んでいられない。怪我も治ったし、そろそろ復職するから俺も動いた」

それで手紙が届いたのかと、愛は納得した。

「時間はかかってしまったけど……茉菜の最期を知れて良かったよ」

愛と佑馬は再び車に乗り込んだ。

三月の……車の窓から入る風はまだ冷たい。あの日もそうだったと、愛は思った。ただあの日と違うのは、今は助手席ではなく運転席でハンドルを握っているということだ。助手席には佑馬がいる。

「君は車の運転ができたんだね」

「今の会社に就職して、生活が落ち着いてから教習所に。東京では必要ないですけど、茉菜が持っていたので」

もっとも、普段運転することはない。愛の両肩に力が入る。見ている佑馬にも緊張が伝わるのか、助手席から「落ち着いて」と声をかけられた。

「そっか……茉菜は免許を持っていたんだ」

「知らなかったんですか？」

「茉菜が免許を取れるようになる前に離れたから」

「でも……調べようと思えば、調べられますよね？」

「警察の力を使ってってこと？　正式な捜査でなければ違法だよ。俺が本当の『夫』だったら、茉菜の戸籍をたどるのも簡単だっただろうけど、俺の立場で勝手に取得すればこっちまで犯罪者になってしまう。茉菜のことはできる限り、自力で探したかったんだ」

確かに佑馬は、かなり遠回りな方法で愛を見つけた。会社に取材が入らなければ、もしかしたら今でも茉菜を探していたのかもしれない。

だけど、人生なんてほんの一秒タイミングがずれただけで、すべてがひっくり返ってしまう瞬間がある。だから愛は運転している。

佑馬は車の窓を閉めて、エアコンの風量を強くした。吹き出し口からの風が、顔に直撃する。目が少し乾いた感じがした。

「茉菜が持っていたからって、何も免許まで取らなくても良いとは思うけど」

「できる限り茉菜に近づきたかったんです。鈴倉茉菜を名乗るようになった最初のころは、服装や外見も似せたりしていました。私と茉菜って顔立ちが近いのか、一緒にいるとよく、似ているって言われていたんですよ」

運転中の愛に横を向く余裕はないが、助手席から視線を感じる。見定められているようで、慣れない運転がさらに緊張した。

「似て……なくはないけど、やっぱり違うと思うよ。でもまったく知らない人が、化粧や髪型を似せた姿を見たら、わからないかもね」

「運転に関しては、似せようということよりも、それまでできなかったことを、してみたかったって気持ちでしたけど」

時間と金銭面の余裕がなかったせいで、海外旅行はできなかった。だけどパスポートは取得した。手元にある。いつでもどこへでも行けると思うだけで、愛は楽しくなった。

「自分自身の戸籍を取得しようとは考えなかったの？」

「もちろん考えました。二十歳を過ぎてからです。でも役所で、母親が生きているなら連絡して、と言われました。母がどこにいるか、生死さえ私にはわかりません。あとになって、親が行方不明でも手続きを進められることを知りましたが、それは東京に出てからのことです」

親とは何が何でも会いたくなかった。もし探し出してしまったら……戸籍取得をきっかけに連絡が行ってしまったら……そう思うと、愛は二度と戸籍を作ろうとは思えなかった。

そして愛が自分を証明することは永遠にできないと思ったその日、茉菜から妊娠を告げられた。

もしかしたらあの日、愛は自分と茉菜の違いを、明確に感じたのかもしれない。茉菜は法的に結婚できるが、愛は婚姻届を出すことができないと。

「家を出てから、お母さんとは会った？」

「一度も会っていません。今、どこでどうしているのかもわかりません。一か所に留《とど》まる人ではないので、以前の場所にも、もういないと思います。戸籍もつながっていないので、死んでいたとしても連絡は来ないはずです」

「じゃあお互い、行方を把握していないんだ」

「皮肉なものですよね。本当は、まったく関係のない鈴倉和希の死亡連絡が私の元に届いたのに、産みの母親がどうなろうと、私のところへ連絡が来ることはないって」

「会いたい？」

赤信号で止まる。助手席の方を向くと、佑馬と目が合った。愛は目をそらさずにきっぱりと言いきった。

「いいえ」

その気持ちは今でも変わらない。今後も変わらないと思う。愛された記憶も、大切にしてもらった思い出もない。血がつながっているだけの、赤の他人だ。

ただ、だとしたら自分は誰なのだろうか、と愛は考える。

佑馬が車のオーディオのスイッチを押し、ラジオをつける。今度はアップテンポな音楽が流れてきた。

信号が青に変わる。愛の隣にいた車が、勢いよく発進した。

「この先、きっと君の戸籍が作られると思うよ」

「……皮肉なことですね。犯罪を確定するために、私が誰なのか証明する必要があるなんて」

佑馬は答えず、静かな空間を壊すように、ラジオの音量を上げる。

しばらく無言が続いたが、ラジオ番組が切り替わるタイミングで、佑馬がまた口を開いた。

「東京に行ったのは震災の直後？」

「はい、あのタイミングしかないと思って」

地震のあと、愛は数日間避難所生活をし、災害の混乱に乗じて東京へ向かった。

凄いな、と佑馬はつぶやいた。

「道路も鉄道も壊滅的だったのに。まさか歩いたわけじゃないよね？」

「歩いた場所もありましたけど……少しずつ、車に乗せてくれる人を見つけてって感じです。ある程度のところまで行ったら、鉄道も動き始めていましたし」

「それにしたって……住むところもないのにどうやって生活を始めたの？　知り合いとかいたの？」

「誰もいません。いなかったからこそ、好都合だったんです。すべてを一から始めたかったので」

万が一にでも知り合いに会いそうな場所には、できる限り出入りしないようにした。そのため、以前と同じような仕事はできなかった。所持金が乏しい愛にとって、水商売や風俗で働けないのは金銭的に困ったが、職種にこだわらなければ、働くことはできた。早い段階で寮のある仕事に就けたのは幸運だった。

「夜間警備とか。女性でも良いって言ってくれる場所もあったので」

ウィンカーを出して、車線変更をするときは緊張する。ミラーと目視で何度も確認していると、後ろの車にクラクションを鳴らされた。助手席から「今なら大丈夫だよ」と後押しされて、愛はハンドルをきった。

「たくましい。でもそうか。そのときはもう、鈴倉茉菜として生きていたんだ」

「はい、これまでとは違うことに挑戦できると思うと、私にとっては、すべてが楽しかったんです。誰かに強制されたわけではなく、自分の意思で、自分で考えて動けることが」

仕事に慣れたら、掛け持ちするようにした。最初の一年はとにかく働いた。起きている時間のほとんどは仕事をし、合間に勉強もした。そうやって、学校へ行く準備をしつつ金を用意した。

「よく身体を壊さなかったな」

「死ぬ気で……というか、死んでもいいと思っていました。私はずっと、生きていなかったから」

働くことも、勉強も、貧乏も、辛くはなかった。努力が報われる。初めてそのスタートラインに立つことができて、それまでの人生とは比べられないくらい、楽しい時間を過ごすことができた。

「茉菜の結婚相手が追ってくる心配もなかったし？」

「不安がなかったわけではありませんけど……亡くなっているだろうと思えたことが、

背中を押した理由ではありますね。そもそも彼が転落していなければ、茉菜になるのは危険すぎますから」

「そうだね。鈴倉和希のことも調べたけど、どうしてコイツと茉菜が……って思ったよ。評判の良いヤツではなかったから、結婚生活の間、何があったのか想像するだけで怒りがわいた」

「最初は優しかったみたいです。実際は見せかけの優しさでしたけど」

「もし結婚する前に茉菜から鈴倉和希を紹介されていたら、結婚を止めた？」

「どうでしょう……」

愛は曖昧に答えたが、実は何度も考えた。鈴倉和希に会っていたら、愛は茉菜の結婚を止めただろうか、と。

だけどそれに対しての答えはいつも、NOだ。

今振り返っても、恐らく止められなかっただろうと、愛は思っている。

もちろん、結末を知っていれば全力で反対はした。ただ、それで茉菜を止められたかは別の話だ。子どもができた時点で、茉菜は結婚へ突き進む。たとえ最後は、妻を崖から落とそうとする男であっても。

「どんな人だったんでしょうね。鈴倉和希という人は」

佑馬はクスッと笑った。

「さっき俺が見せた写真、覚えている？」

「松木さんの？」

「じゃなくて、最初に俺が君に見せて、すぐに間違いだって言った男の写真」

「ええ……それが？」

「あの人が、鈴倉和希だよ」

「え？」

「本当に君は、まったく知らなかったんだね」

試されていたのだと、愛はこのときようやく気づいた。

初めて見た顔だった。隣にいる佑馬とは、似ても似つかない別人だった。

「でも、私が結婚相手として見た写真は……」

愛の視界の端で、佑馬がうん、とうなずいたのがわかった。

「俺だった」

茉菜は横目で助手席を見る。佑馬の横顔が寂しそうだった。

真実を知ったことで、佑馬はさらに後悔を深めたのかもしれない。これまでよりももっと、自分を責めるかもしれない。

そう思ったら、愛は少しでも佑馬の気持ちを軽くしたくなった。それがせめてもの恩返しに思えた。

「……佑馬さん、運転を代わってもらえますか？」

「構わないけど」

「やっぱり、慣れていないので怖いです」

カーナビの案内に従って、愛は海が見える駐車場に車を停めた。エンジンを停止させると、両肩がパンパンに張っていることに気づいた。ハンドルを握っていた時間は短かったが、かなり力が入っていたらしい。

「少し、海を見ても良いですか？」

いいよ、と返事をする佑馬は、愛の突然の行動に疑問を感じているのか、小さく首をひねっている。

愛は車から降りた。駐車場は砂浜よりも少し高い場所にある。柵に手をかけて海を眺めていると、佑馬も車から降りてきて隣に立った。

雲はかかっているが、天気は悪くなかった。

「あの話……茉菜の話には続きがあります」

「続き？　もしかして茉菜は、地震があった日に命を落としたわけではないってこと？」

「いえ、あの日茉菜が亡くなったことには違いありません。ただ……」

愛はカバンから免許証を出して佑馬の方へ向ける。

「免許は私が一から取得した物ではなく、茉菜の免許を更新したんです」

怪訝《けげん》そうに目を細めた佑馬の顔から表情が消える。

「さっきも言った通り、私たち似ているって言われていたので、メイクとか髪型とか、免許証の写真に似せたら更新できました。年齢的にまだ、ある程度容姿が変わっても不思議じゃないですし」

佑馬は手を顔に当てて、愛に表情を見せない。だが隠された表情の奥では、目まぐるしいぐらいに多くの情報を頭の中で整理しているに違いない。

愛が東京へ出てすぐに活動を始められたのは、自分を証明してくれるものがあったから、といっても過言ではなかった。生活を新しく始めるために、免許証は愛の味方になってくれた。

「さっき、聞き流してしまったけど……考えてみれば、君が免許を持っているのはおかしい。茉菜が免許を持っていたのなら、君が鈴倉茉菜として新規に取得するのはできないはずだ」

佑馬の声が揺れている。表情から焦りが見える。だが言葉にすることで、少しずつ自分で答えに近づいているようだ。

逆に愛は落ち着いていた。

「だから更新したんです」

「でもさっき、教習所に通ったって……」

「ペーパードライバー用の講習です。免許は持っているけど、運転に不安がある人向けの」

「それは、経験は浅くとも免許を持っている人が対象の講習で、君は一度も運転したことがなかったんだろ？」

「本とネットの動画で、知識を得てから行きました」

それにしたって、と佑馬は呆れている。実際教習所でも、運転技術がひどすぎると呆れられた。ただ、免許取得からかなりの年数が経っていたこと、そして一度も運転していないと言ったら、思ったよりも簡単に信じてもらえた。

「それは、無免許運転だよ……」

ごめんなさい、と愛が謝ると、佑馬は何か言おうと大きく息を吸ったものの、そのまま吐き出した。

「とりあえず、運転のことは置いておくとして……なぜ君が茉菜の免許証を持っていた?」

佑馬の表情が険しい。すでに何かしらの答えは見つけたのだろう。愛をとらえるかのように、じりじりと距離を詰めてきた。

「免許があって……茉菜がいなくなれば、茉菜になれると思ったのか? 背格好が似ている自分なら……鈴倉和希が死んだ今なら、茉菜になれる……そう思って君は茉菜を……」

愛は目をつむった。佑馬を見ていられなかった。

さすがに最近は、以前ほど夢に見ることはない。それでもまぶたを閉じれば、あの日の光景がスローモーションでよみがえる。

「地震のあと、茉菜は車で逃げようと言いましたが、私は反対しました。道路は至る所に亀裂が入り、陥没しているところもありましたから」

「……だろうね」

「しばらく私たちはどうやって逃げるかで言い合いになりました。それでも時間が経つごとに状況は悪化して、茉菜も運転は無理だと諦めました。話している間にも、地震が何度も襲ってきましたから。私たちは走って高台に逃げることにしました。ただ私も茉菜も、このときはまだ、次に起こることを、きちんと考えていなかったように思います」

「でも、高台へ逃げたんだよね？」

佑馬の声が硬い。愛は顔面に潮風を感じながら話を続けた。

「そうです。ただ私たちが最初に避難した場所は、丘と呼ぶ程度の高さしかありませんでした。避難したと思って海の方を振り返ったときに、壁のような海水が近づいていることを知りました」

さらに上に行こうにも、斜面は崩れていて登るのは困難だった。だが、とどまるわけにはいかない。しかし愛が避難をうながしても、茉菜は「ここで大丈夫だよ」と動きたがらなかった。

佑馬はうめくように言った。

「災害時にそういう行動は、珍しい話じゃないかもしれないけど……」

ダンッと、金属の大きな音がした。きっと佑馬が手すりを叩《たた》いたのだろう。

愛は目を開ける。

手すりをつかんだ佑馬は、何かをこらえるように身体を震わせながらも、「続けて」と言った。

「一刻の猶予もありませんでした。だから私は、何とか二人で逃げようとしましたが、余震のせいで茉菜は坂から足を滑らせて……」

——愛、助けて！

あのときの茉菜の声が、愛の耳の奥に残っている。

愛、愛、愛。

何度も愛のことを呼んでいた。だけど——。

津波はさらに迫ってきている。茉菜はずるずると斜面を滑り落ちる。愛は近くの木につかまり、茉菜に向かって手を差し出した。茉菜も顔に恐怖を張り付かせながら、必死に愛の方へ手を伸ばしていた。

「私も茉菜の名前を呼びました。ただ私がつかまっていた木も、いつ崩れ落ちるかわからないくらいグラグラしていて、余裕はありませんでした。それでも何とか茉菜に近づこうと、私は木から手を放して、茉菜に向けて手を伸ばしました。だけどその瞬間……再び大きな揺れに襲われて」

そこで愛は大きく深呼吸した。けれど心臓が静まることはない。いつもこうだ。あのときのことを思い出そうとすると、愛の胸は苦しくなる。でもこれだけは、話さないわけにはいかなかった。

「気がつくと――私は……私の手は茉菜ではなく、茉菜が肩から下げていたショルダーバッグの紐をつかんでいました」

それから先は、一刻の猶予もなかった。愛は落ちそうになりながらも、どうにか再び木にしがみついたが、茉菜の姿はあっという間に遠くなっていた。

「避難するのにバッグなんて必要ないだろ」

佑馬は喉の奥から絞り出すような声を出した。

茉菜が車から降りるとき、貴重品を持って行くと譲らなかったことまで伝える必要はないだろう。

愛に怒ってくれれば、佑馬は自分を責める必要はなくなる。

佑馬はゆっくりと愛の左肩に手を置くと、顔を近づけてきた。

「君が茉菜を殺したのか？」

まるで仮面をつけているかのように佑馬の表情が死んでいた。何を考えているのか、愛には読めなかった。

佑馬にとって愛が茉菜を殺した殺人犯である方が良いのか、偶然だった方が良いのか、わからない。

答えに困って愛が黙っていると、佑馬は空いていた右肩もつかんだ。

「黙ってないで、本当のことを教えてくれ！　頼むから答えてくれ」

感情をあらわにする佑馬を見て、愛は羨ましい、と感じた。やっぱり茉菜になりたかった。大切にされて、自分のために感情をぶつけてくれる人がいたら、どんなに良かったかと思った。

だけど愛は茉菜になれない。なろうとしてみたけれど、無理だったことは証明済みだ。そして佑馬の希望がわからないのなら、訊くしかなかった。

「佑馬さんはどっちだと思いますか？」

「そんなこと、俺にわかるわけがないだろ！」

「そうですよね。でも私——覚えてないんです」

「え？」

「あのときの記憶がないんです。思い出そうとしても、どうしても思い出せないんです」

佑馬は真正面から愛を見ていた。

愛はあの瞬間のことを覚えていない。茉菜の手をつかもうとしながらも偶然バッグが手にひっかかったのか、それともバッグの方を選んだのか。

考えて動くにはあまりにも時間がなかった。でも愛の奥底にあった意識はどうだったろう——。

何度も考えた。

考えて考えて、それでも結論は出なかった。

だからもう、誰かに答えを決めて欲しかった。たとえそれが真実とは違う結論であっても、佑馬が出した答えなら、受け入れられる気がした。

「教えて……。佑馬さんが、私が茉菜を殺したと思うなら、警察でそう自供しますから」

「それは俺が決めることじゃない。真実は君しか知らないよ」

「だけど、私にもわからない」

愛のつぶやきに、佑馬はハッとした様子で肩から手を放す。しばらく自分の手を見ていたかと思うと、海の方を向いた。

海はあの日が嘘のように静かに凪《な》いでいた。しばらく無言で海を見ていると、佑馬の怒りが、ろうそくの炎のようにフッと消えたのが、愛にもはっきりとわかった。

「ありのまま話して。わからないのなら、わからないということを警察で話して」

「でも……」

「わからないことが真実なんだから、それで良いんだ。その代わり、君はわかるまで考え続けて。そしてもし、答えがわかったときには俺に教えて」

なぜか佑馬は、愛自身の「わからない」を受け入れた。何か言わなければ、そう思うのに、言葉が出てこない。涙がこぼれてきた。

「ずっと考えても、わからなかったら？」

「もっと考えて」

「だけど、それじゃあ……」

「俺の茉菜に対する後悔は、君が何をしたとしても、消えるわけじゃない。だから、君は自分のことだけを考えれば良いよ」

もしかしたら、愛の気持ちを軽くしようとしてくれているのだろうか。

一方で、茉菜は自分のものだと言っているようにも聞こえた。佑馬の中に入り込めないと、宣言されたようにも感じた。

「やっぱり私が茉菜になることは、無理でしたね」

「それはそうだよ。茉菜は一人しかいないんだから」

愛の胸がチクリと痛んだ。

佑馬が車へと向かうと、愛は助手席に座るようにとうながされる。素直に従った。

エンジンをかけると、佑馬は「でもね」と言った。

「茉菜は一人しかいなかったように、上坂愛も一人しかいないよ。少なくとも、俺は君を上坂愛だと思っている」

「……いつから？」

「ただいま――と、言ったときから」

佑馬が嘘を言っているようには見えないが、愛の胸の痛みは消えない。

そんな愛の不安を感じ取ったのか、佑馬は「大丈夫」と断言した。

「この世のすべてが平等とは言えないけど、幸せを望むことは、誰にでも平等にできることだから」

「……望むことは平等？」

「そうだよ」

絶対に経験できないと思っていた時間を味わうことができたこの三か月間は、愛にとって、これまでの人生の中で一番楽しかった。

仮に遺体が見つからなかったとしても、鈴倉和希の行方不明が続けば、やがて死亡届が出せたはずだ。そうなれば、愛は結婚できたかもしれない。だがリスクを最小限にするためにも、愛は永遠に一人でいなければならない、そう思っていた。

だけどある日「夫」が帰ってきた。わずかではあったが、結婚生活を体験できた。

家族との時間を過ごせた。

これ以上、望むものなどなかった。

「幸せな時間をありがとう」

佑馬が悲しそうに顔を歪ませる。

茉菜の手をつかめなかった愛が、幸せになるのはやはり許せないのだろうか。

愛の不安に気づいたのか、佑馬は首を横に振って「これで終わりじゃないよ」と言った。

「すべてを終えたら、上坂愛の時間が始まるよ」

やめて。そんな希望を持たせるようなことを言わないで欲しい。

叫びたい気持ちを抑えながら、愛は震える声で答えた。

「私はこれまで手にしたものを、全部失ったんです。今さら私に何があるというんですか？」

「確かに、失ったものは数多くあるだろうけど、手にしたものもきっとあるはずだよ」

「……例えば？」

「幸せな時間と思ったのは、愛だけじゃないから」

佑馬はゆっくりとアクセルペダルを踏んだ。

窓から見える海は穏やかだ。

五年前、茉菜がたどり着けなかった場所に向かって、愛を乗せた車は走り出した。

ISBN978-4-09-406810-8

小学館文庫
好評既刊

セイレーンの懺悔

中山七里

ISBN978-4-09-406795-8

不祥事で番組存続の危機に陥った帝都テレビ「アフタヌーンJAPAN」。配属二年目の朝倉多香美は、里谷太一と起死回生のスクープを狙う。そんな折、葛飾区で女子高生誘拐事件が発生。被害者は東良綾香、身代金は一億円。報道協定の下、警察を尾行した多香美は廃工場で顔を焼かれた綾香の遺体を目撃する。綾香がいじめられていたという証言で浮かぶ少年少女のグループ。主犯格の少女は小学生レイプ事件の犠牲者だった。マスコミは被害者の不幸を娯楽にする怪物《セイレーン》なのか——葛藤の中で多香美が辿り着く衝撃の真実とは。報道のタブーに切り込む緊迫のミステリー。

小学館文庫
好評既刊

希望病棟

垣谷美雨

ISBN978-4-09-406836-8

神田川病院に赴任した女医の黒田摩周湖は、二人の末期癌の女性患者をみている。先輩のルミ子に促され、中庭で拾った聴診器を使うと患者の〝心の声〟が聞こえてきた。児童養護施設で育った桜子は、大人を信じていない。代議士の妻の貴子は、過去に子供を捨てたことがあるらしい。摩周湖の勧めで治験を受けた二人は快方に向かい、生き直すチャンスを得る。〝従順な妻〟として我慢を強いられてきた貴子は、驚きの行動に出て……!?　孤独と生きづらさを抱えてきた二人はどのような道を歩むのか。共感の嵐を呼んだヒューマン・ドラマ『後悔病棟』に続く感動の長編。

小学館文庫
好評既刊

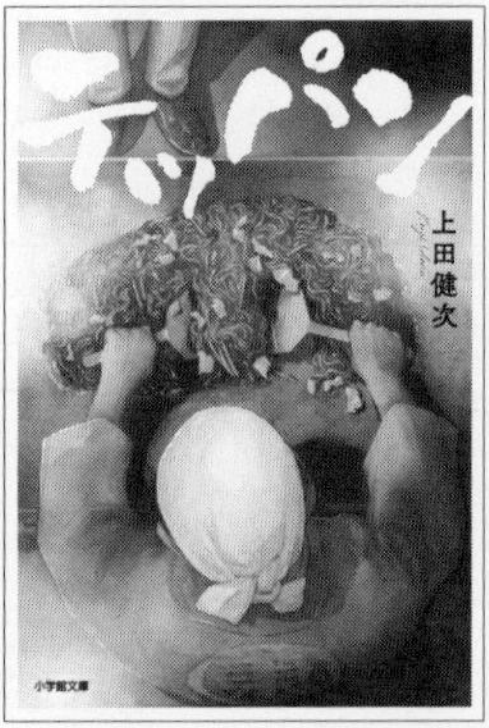

テッパン

上田健次

ISBN978-4-09-406890-0

中学卒業から長く日本を離れていた吉田は、旧友に誘われ中学の同窓会に赴いた。同窓会のメインイベントは三十年以上もほっぽられたタイムカプセルを開けること。同級生のタイムカプセルからは『なめ猫』の缶ペンケースなど、懐かしいグッズの数々が出てくる中、吉田のタイムカプセルから出てきたのはビニ本に警棒、そして小さく折りたたまれた、おみくじだった。それらは吉田が中学三年の夏に出会った、中学生ながら屋台を営む町一番の不良、東屋との思い出の品で——。昭和から令和へ。時を越えた想いに涙が止まらない、僕と不良の切なすぎるひと夏の物語。

小学館文庫
好評既刊

泣き終わったらごはんにしよう

武内昌美

ISBN978-4-09-406777-4

中原《なかはら》温人《はると》は社会人四年目の少女マンガ編集者。いちばんの楽しみは、恋人のたんぽぽさんに美味しいごはんを作ってあげることだ。優しさと思いやりがたっぷり詰まった料理は、食べた人の心のほころびを癒していく。スランプに陥ったマンガ家に温人が振る舞ったのは、秘密の調味料を忍ばせた特製きのこパスタ。その味と香りに閉じていた思い出の箱が開いて……。仕事のトラブルに涙する姉には甘く蕩ける肉じゃがを、イケメンのくせに恋愛ベタな友人には複雑な食感の山形のだしを。読めば大切な人とごはんが食べたくなる。心の空腹も満たす八皿、どうぞ召し上がれ。

小学館文庫
好評既刊

月のスープのつくりかた

麻宮 好

ISBN978-4-09-406814-6

姑との軋轢から婚家を飛び出した高坂美月は、家庭教師先で中学受験生の理穂と弟の悠太に出会う。母親は絵本作家で海外留学のため不在にしているらしい。絵画で飾られた家は一見幸福そのものだが、理穂は美月に対し反抗的で頑なだ。ひょんなことから二人と夕食を共にすることになった美月は、キッチンに立つ理穂を見て、トラウマを呼び覚ましてしまう。包丁が、料理が恐い……。それは、婚家での暗い記憶だった。誰にも言えない辛さを抱えた三人は、絵本に描かれた幸せになるための〝おまじない〟を見つけようとして——。悩み多き女性たちへ贈る、救済の物語。

ISBN978-4-09-406811-5

―――本書のプロフィール―――

本書は、小学館文庫のために書き下ろされた作品です。

小学館文庫

殺《ころ》した夫《おっと》が帰《かえ》ってきました

著者　桜井美奈《さくらいみな》

二〇二一年四月十一日　初版第一刷発行
二〇二四年十月一日　第十四刷発行

発行人　庄野　樹
発行所　株式会社　小学館
〒一〇一-八〇〇一
東京都千代田区一ツ橋二-三-一
電話　編集〇三-三二三〇-五二三七
販売〇三-五二八一-三五五五
印刷所――大日本印刷株式会社

ISBN978-4-09-407008-8